种种未知的遇见，等待发生

·the·

·Beauty·

·in Life·

不知有花

张晓风 执笔 五十年

张晓风 著

北京联合出版公司
Beijing United Publishing Co.,Ltd.

我甘愿做冬残的槁木,只要曾经是早春如诗如酒的花光,我立誓在成土成泥、成尘成烟之余都要哂然一笑,因为活过了,就是一场胜利,就有资格欢呼。

我不要偷来的仙家日月，我不要在一袖手之际
误却人间的生老病死，错过半生的悲喜怨怒。
人间的紧锣密鼓中，我虽然只有小小的戏份，
但我是不肯错过的啊！

我愿我的朋友也在生命中最美好的片刻想起我来,在一切天清地廓之时,在叶嫩花初之际,在霜之始凝,夜之始静,果之初熟,茶之方馨。

生命是什么呢?是崩裂自伤痕的一种再生吗?

一向以为自己爱的是空间,是山河,是巷陌,是天涯,是灯光晕染出来的一方暖意,是小小陶钵里的"有容"。

蝉鸣浮在市声之上,蝉鸣浮在凌乱的楼宇之上,蝉鸣是风,蝉鸣是止不住的悲悯。

那些叶片在风里翻着浅绿的浪,如同一列编磬,敲出很古典的音色。我忽然听出,这是最美的一次演奏,在整个长长的秋季里。

而今日，我只能与当世之人在时间的长川里停舟暂相问，只能在时间的流水席上与当代人传杯共盏。

目录 contents

世间一切,都是遇见。

01　序　一部分的我

壹　种种有情

002　遇见
005　我在
011　种种有情
019　种种可爱
026　当下
029　我喜欢
038　戈壁行脚
049　步下红毯之后
055　一句好话

贰　生命丰盈

062　遇
068　我有
072　生命，以什么单位计量
074　错误
079　有个叫"时间"的家伙走过
081　年年岁岁岁岁年年
086　描容
093　初心

叁 万物有灵

- 100 不知有花
- 102 行道树
- 104 常常,我想起那座山
- 123 雨之调
- 126 戈壁酸梅汤和低调幸福
- 130 星约
- 140 一山昙华
- 143 春之怀古
- 145 月,阙也

肆 厨房与爱

- 150 大型家家酒
- 160 初绽的诗篇
- 177 母亲的羽衣
- 183 不识
- 187 绿色的书简
- 195 你真好,你就像我少年伊辰
- 197 一个女人的爱情观
- 202 矛盾篇之一

伍 人世几回

- 208 给我一个解释
- 217 劫后
- 221 我想走进那则笑话里去
- 224 半局
- 235 皮,多少钱一片
- 238 矛盾篇之二
- 243 矛盾篇之三

陆 特别收录

- 250 亦秀亦豪的健笔 / 余光中
- 260 重读晓风《玉想》,兼怀李霖灿老师 / 蒋勋

序　一部分的我

我不喜欢写小传，因为，我并不在那里面，再怎么写，也只能写出一部分的我。

一

我出生在浙江金华一个叫白龙桥的地方，这地方我一岁离开后就没有再去过，但对它颇有好感。它有两件事令我着迷：其一是李清照住过此地；其二是它产一种美味的坚果，叫香榧子。

出生的年份是一九四一年，日子是三月二十九日。对这个生日，我也颇感自豪，因为这一天在台湾正逢节日，所以年年放假。成年以后偶然发现这一天刚好是英国女作家弗吉尼亚·伍尔芙的忌日，她是一九四一年三月二十八日离家去自杀的，几天后才被发现，算来也就是三月底吧！

有幸在时间上和弗吉尼亚·伍尔芙擦肩而过的我,有幸在李清照晚年小居的地方出生的我,能对自己期许多一点吗?

二

父亲叫张家闲,几代以来住在徐州东南乡二陈集,但在这以前,他们是从安徽小张庄搬去的,小张庄在一九八〇年前后一度被联合国选为模范村(一九九一年被联合国授予环境保护"全球500佳"——编者注)。

母亲叫谢庆欧,安徽灵璧县人(但她自小住在双沟镇上),据说灵璧的钟馗像最灵。她是谢玄这一支传下的族人,这几年一直想回乡找家谱。家谱用三个大樟木箱装着,在日本人占领时期,因藏在壁中,得避一劫,不料五十年后却遭焚毁。一九九七年,母亲和我赴山东胶南,想打听一个叫喜鹊窝的地方,那里有个解家村(谢、解同源,解姓是因避祸而改的姓),她听她父亲说,几百年前,他们是从喜鹊窝搬过去的。

我们在胶南什么也找不着,姓解的人倒碰上几个。仲秋时节,有位解姓女子,家有一株柿子树,柿叶和柿子竞红。她强拉我们坐下,我第一次知道原来好柿子不是"吃"的,而是"喝"的,连喝了两个柿子,不能忘记那艳红香馥的流霞。

家谱,是找不到了,胶南之行意外地拎着一包带壳的落花生回来,是解姓女子送的。吃完了花生,我把花生壳送去照相馆,用拷贝的方法制成了两个书签,就姑且用它记忆那光荣的姓氏吧!

三

我出身于中文系,受"国故派"的国学教育,看起来眼见着就会跟写作绝缘了。当年,在我之前,写作几乎是外文系的专利,不料在我之后,情况完全改观,中文系成了写作的主力。我大概算是个"玩阴的"改革分子,当年教授不许我们写白话文,我就乖乖地写文言文,就作旧诗,就填词,就度曲。谁怕谁啊,多读点旧文学怕什么,艺多不压身。那些玩意儿日后都成了我的新资源,都为我所用。

四

在台湾,有三个重要的文学大奖,中山文艺奖、台湾文艺奖、吴三连文学奖,前两项是官方的,后一项是民间的,我分别于一九六七年、一九八○年和一九九七年获得。我的丈夫笑我有"得奖的习惯"。

但我真正难忘的却是"幼狮文艺"所颁给我的一项散文首奖。

台湾刚"解严"的时候,有位美国电视记者来访问作家的反应,不知怎么找上我,他问我"解严"了,是否写作上比较自由了?我说没有,我写作一向自由,如果有麻烦,那是编者的麻烦,我自己从来不麻烦。

唯一出事的是有次有个剧本遭禁演,剧本叫《自烹》,写的是易牙烹子献齐桓公的故事(此戏二十世纪八十年代曾在上海演出),也不知那些天才审核员是怎样想的,他们大概认为这种昏君佞臣的戏少碰为妙,出了事他们准丢官。其实身为编剧,我对讽刺时政毫无兴趣，我想写的只是人性。

据说我的另外一出戏《和氏璧》在北京演出时，座中也有人泣下，因为卞和两度献璧、两度被刖足，刚好让观众产生共鸣。其实，天知道，我写戏的时候哪里会想到这许多，我写的是春秋时代的酒杯啊！

五

我写杂文，是自己和别人都始料未及的事。躲在笔名背后喜怒笑骂真是十分快乐。有时听友人猜测报上新冒出来的这位可叵是何许人也，不免十分得意。

龙应台的《野火集》在二十世纪八十年代的台湾的确有燎原功能，不过在《野火集》之前，我以桑科和可叵为笔名，用插科打诨的方式对威权进行挑战，算是一种闷烧吧！

六

我的职业是教书，我不打算以写作为职，想象中如果为了疗饥而去煮字真是凄惨。

我教两所学校，阳明大学和东吴大学。前者是所医科大学，后者是我的母校。我在阳明属于"通识教育中心"，在东吴属于中文系。

我的另一项职业是家庭主妇，生儿育女占掉我生命中最精华的岁月。如今他们一个在美国西岸加州理工学院读化学，一个在美国东岸纽约大学攻文学，我则是每周末从长途电话中坐听"美国西岸与东岸汇报"的骄傲母亲。（这篇文章是十几年前写的，现况是，他们皆已得到学位回台就业了。）

我的丈夫叫林治平，湖南人，是我东吴大学的同学。他后来考入政大外交研究所，他的同学因职务关系分布在全球，但他还是选择了在中原大学教书，并且义务性地办了一份杂志。杂志迄今持续了四十多年，也难为他了。

七

最近很流行一个名词叫"生涯规划"，我并不觉得有什么太大的道理，无非是每隔几年换个名词唬人罢了！人生的事，其实只能走着瞧，像以下几件事，就完全不在我的规划掌控中：

1. 我生在二十世纪中叶；
2. 我生为女子；
3. 我生为黄肤黑发的中国人；
4. 我因命运安排在台湾长大。

至于未来，我想也一样充满变数，我对命运采取不抵抗主义，反正，它也不曾对我太坏。我不知道，我将来会写什么，一切随缘吧！如果万一我知道我要写什么呢？知道了也不告诉你，哪有酿酒之人在酒未酿好之前就频频掀盖子示人的道理？

我唯一知道的是，我会跨步而行，或直奔，或趑趄，或彳亍，或一步一蹶，或小伫观望，但至终，我还是会一步一个脚印地往前走去。

壹 · 种种有情

天地也无非是风雨中的一座驿亭,
人生也无非是种种羁心绊意的事和情,
能题诗在壁总是好的!

遇见

一个久晦后的五月清晨,四岁的小女儿忽然尖叫起来。

"妈妈!妈妈!快点来呀!"

我从床上跳起,直奔她的卧室,她已坐起身来,一语不发地望着我,脸上浮起一层神秘诡异的笑容。

"什么事?"

她不说话。

"到底是什么事?"

她用一只肥匀的有着小肉窝的小手,指着窗外。而窗外什么也没有,除了另一座公寓的灰壁。

"到底什么事?"

她仍然秘而不宣地微笑,然后悄悄地透露一个字:"天!"

我顺着她的手望过去,果真看到那片蓝过千古而仍然年轻的蓝天,一尘不染令人惊呼的蓝天,一个小女孩在生字本上早已认识却在此刻仍然不觉吓了一跳的蓝天,我也一时愣住了。

于是,我安静地坐在她的旁边,两个人一起看那神迹似的晴空,

她平常是一个聒噪的小女孩，那天竟也像被震慑住了似的，流露出虔诚的沉默。透过惊讶和几乎不能置信的喜悦，她遇见了天空。她的眸光自小窗口出发，响亮的天蓝从那一端出发，在那个美丽的五月清晨，它们彼此相遇了。那一刻真是神圣，我握着她的小手，感觉到她不再只是从笔画结构上去认识"天"，她正在惊讶赞叹中体认了那份宽阔、那份坦荡、那份深邃——她面对面地遇见了蓝天，她长大了。

那是一个夏天的长得不能再长的下午，在印第安纳州的一个湖边，我起先是不经意地坐着看书，忽然发现湖边有几棵树正在飘散一些白色的纤维，大团大团的，像棉花似的，有些飘到草地上，有些飘入湖水里，我当时没有十分注意，只当偶然风起所带来的。

可是，渐渐地，我发现情况简直令人暗惊，好几个小时过去了，那些树仍旧浑然不觉地，在飘送那些小型的云朵，倒好像是一座无限的云库似的。整个下午，整个晚上，漫天漫地都是那种东西，第二天情形完全一样，我感到诧异和震撼。

其实,小学的时候就知道有一类种子是靠风力靠纤维播送的,但也只是知道一条测验题的答案而已。那几天真的看到了,满心所感到的是一种折服,一种无以名之的敬畏,我几乎是第一次遇见生命——虽然是植物的。

我感到那云状的种子在我心底强烈地碰撞上什么东西,我不能不被生命豪华的、奢侈的,不计成本的投资所感动。也许在不分昼夜地飘散之余,只有一颗种子足以成树,但造物者乐于做这样惊心动魄的壮举。

我至今仍然在沉思之际想起那一片柔媚的湖水,不知湖畔那群种子中有哪一颗种子成了小树?至少,我知道有一颗已经成长,那颗种子曾遇见了一片土地,在一个过客的心之峡谷里,蔚然成荫,教会她,怎样敬畏生命。

我在

记得是小学三年级,偶然生病,不能去上学,于是抱膝坐在床上,望着窗外寂寂青山、迟迟春日,心里竟有一份巨大幽沉至今犹不能忘的凄凉。当时因为小,无法对自己说清楚那番因由,但那份痛,却是记得的。

为什么痛呢?现在才懂,只因你知道,你的好朋友都在那里,而你偏不在,于是你痴痴地想,他们此刻在升旗吗?他们在操场上追追打打吗?他们在教室里挨骂吗?他们到底在干什么啊?不管是好是歹,我想跟他们在一起啊!一起挨骂挨打都是好的啊!

于是,开始喜欢点名,大清早,大家都坐得好好的,小脸还没有开始脏,小手还没有汗湿,老师说:"×××"。

"在!"

正经而清脆,仿佛不是回答老师,而是回答宇宙乾坤,告诉天地,告诉历史,说,有一个孩子"在"这里。

回答"在"字,对我而言总是一种饱满的幸福。

然后,长大了,不必被点名了,却迷上旅行。每到山水胜处,总想举起手来，像那个老是睁着好奇圆眼的孩子，回一声："我在。"

"我在"和"某某到此一游"不同，后者张狂跋扈，目无余子，而说"我在"的仍是个清晨去上学的孩子，高高兴兴地回答长者的问题。

其实人与人之间，或为亲情或为友情或为爱情，哪一种亲密的情谊不是基于我"在"这里，刚好，你也"在"这里的前提？一切的爱，不就是"同在"的缘分吗？就连神明，其所以为神明，也无非由于"昔在、今在、恒在"，以及"无所不在"的特质。而身为一个人，我对自己"只能出现于这个时间和空间的局限"感到另一种可贵，仿佛我是拼图板上扭曲奇特的一块小形状，单独看，毫无意义，及至恰恰嵌在适当的时空，却也是不可少的一块。天神的存在是无始无终浩浩莽莽的无限，而我是此时此际此山此水中的有情和有觉。

有一年，和丈夫带着一团的年轻人到美国和欧洲去表演，我坚持选崔颢的《长干行》作为开幕曲，在一站复一站的陌生城市里，舞台上碧色绸子抖出来粼粼水波，唐人乐府悠然导出：

君家何处住？
妾住在横塘。
停船暂借问，
或恐是同乡。

渺渺烟波里，只因一错肩而过，只因你在清风我在明月，只因彼此皆在这地球，而地球又在太虚，所以不免停舟问一句话，问一问彼此隶属的籍贯，问一问昔日所生、他年所葬的故里。那年夏天，我们也是这样一路去问海外中国人的隶属所在啊!

一九八三年九月二十四日我到香港教书,翌日到超级市场去买些日用品,只见人潮涌动,米、油、罐头、卫生纸都被抢购一空。当天港币与美金的比例跌至最低潮,已到了十与一之比。朋友都替我惋惜,因为薪水贬值等于减了薪。当时我望着快被搬空的超级市场,心里竟像疼惜生病的孩子一般地爱上这块土地。我不是港督,不是黄华,左右不了港人的命运。但此刻,我站在这里,跟缔造了经济奇迹的香港的中国人在一起。而我,仍能应邀在中文系里教古典诗,至少有半年的时间,我可以跟这些可敬的同胞并肩,不能做救星,只是"在一起",只是跟年轻的孩子一起回归于故国的文化。一九九七年,香港的命运会如何?我不知道,只知道曾有一个秋天,我在那里,不是观光客,是"在"那里。

旧约《圣经》里记载了一则三千年前的故事,那时老先知以利因年迈而昏聩无能,坐视宠坏的儿子横行;小先知撒母耳却仍是幼童,懵懵懂懂地穿件小法袍在空旷的大圣殿里走来走去。然而,事情发生了,有一夜他听见轻声呼唤:"撒母耳!"

他虽渴睡却是个机警的孩子,跳起来,便跑到老以利面前:"你叫我,我在这里!"

"我没有叫你,"老态龙钟的以利说,"你去睡吧!"

孩子去躺下,他又听到相同的叫唤:"撒母耳!"

"我在这里,是你叫我吗?"他又跑到以利跟前。

"不是,我没叫你,你去睡吧。"

第三次他又听见那召唤的声音,小小的孩子实在给弄糊涂了,但他仍然尽快跑到以利面前。

老以利蓦然一惊,原来孩子已经长大了,原来他不是小孩子梦里听错了话,不,他已听到第一次天音,他已面对神圣的召唤。虽然他只是一个稚弱的小孩,虽然他连什么是"天之钟命"也听不懂,可是,旧时代毕竟已结束,少年英雄会受天承运挑起八方风雨。

"小撒母耳,回去吧!有些事,你以前不懂,如果你再听到那声音,你就说:'神啊!请说,我在这里。'"

撒母耳果真第四度听到声音,夜空烁烁,廊柱耸立如历史,声音从风中来,声音从星光中来,声音从心底的潮声中来,来召唤一个孩子。撒母耳自此至死,一直是个威仪赫赫的先知,只因多年前,当他还是稚童的时候,他答应了那声呼唤,并且说:"我,在这里。"

我当然不是先知,从来没有想做"救星"的大志,却喜欢让自己是一个"紧急待命"的人,随时能说"我在,我在这里"。

这辈子从来没喝得那么多,大约是一瓶啤酒吧,那是端午节的晚上,在澎湖的小离岛。为了纪念屈原,渔人那一天不出海,小学校长陪着我们和家长会的朋友吃饭,对着仰着脖子的敬酒者你很难说"不"。他们喝酒的样子和我习见的学院人士大不相同,几杯下肚,忽然红上脸来,原来酒的力量竟是这么大的。起先,那些宽阔黧黑的脸不免有一份不自觉的面对台北人和读书人的卑抑,但一喝了酒,竟人人急着说起话来,说他们没有淡水的日子怎么苦,说淡水管如何修好了又坏了,说他们宁可倾家荡产,也不要天天开船到别的岛上去搬运淡水……

而他们嘴里所说的淡水,在台北人看来也不过是咸涩难咽的怪味水罢了——只是于他们却是遥不可及的美梦。

我们原来只是想去捐书,只是想为孩子们设置阅览室,没有料到他们红着脸粗着脖子叫嚷的却是水!这个岛有个好听的名字,叫鸟屿,岩岸是美丽的黑得发亮的玄武石组成的。浪大时,水珠会跳过教室直落到操场上来,澄莹的蓝波里有珍贵的丁香鱼,此刻餐桌上则是酥炸的海胆,鲜美的鱿鱼……然而这样一个岛,却没有淡水……

我能为他们做什么?在同盏共饮的黄昏,也许什么都不能,但至少我在这里,在倾听,在思索我能做的事……

读书,也是一种"在"。

有一年,到图书馆去,翻一本《春在堂笔记》,那是俞樾先生的集子,红绸精装的封面,打开封底一看,竟然从来也没人借阅过,真是"古来圣贤皆寂寞"啊!心念一动,便把书借回家去。书在,春在,但也要读者在才行啊!我的读书生涯竟像某些人玩"碟仙",仿佛面对作者的精魄。对我而言,李贺是随召而至的,悲哀悼亡的时刻,我会说:"我在这里,来给我念那首《苦昼短》吧!念'吾不识青天高,黄地厚,唯见月寒日暖,来煎人寿。'"读那首韦应物的《调笑令》的时候,我会轻轻地念:"胡马,胡马,远放燕支山下。跑沙跑雪独嘶,东望西望路迷。迷路迷路,边草无穷日暮",一面觉得自己就是那从唐朝一直狂驰至今不停的战马,不,也许不是马,只是一股激情,被美所迷,被莽莽黄沙和胭脂红的落日所震慑,因而心绪万千,不知所止的激情。

看书的时候,书上总有绰绰人影,其中有我,我总在那里。

《旧约·创世纪》里,堕落后的亚当在凉风乍至的伊甸园把自己藏匿起来。

上帝说:"亚当,你在哪里?"

他噤而不答。

如果是我,我会走出,说:"上帝,我在,我在这里,请你看着我,我在这里。不比一个凡人好,也不比一个凡人坏,有我的逊顺祥和,也有我的叛逆凶戾;我在我无限的求真求美的梦里,也在我脆弱不堪一击的人性里。上帝啊,俯察我,我在这里。"

我在,意思是说我出席了,在生命的大教室里。

几年前,我在山里说过的一句话容许我再说一遍,作为终响:"树在。山在。大地在。岁月在。我在。你还要怎样更好的世界?"

种种有情

有时候,我到水饺店去,饺子端上来的时候,我总是怔怔地望着那一个个透明饱满的形体,北方人叫它"冒气的元宝",其实它比冷硬的元宝好多了,饺子自身是一个完美的世界,一张薄茧,包覆着简单而又丰盈的美味。

我特别喜欢看的是捏合饺子边皮留下的指纹,世界如此冷漠,天地和文明可能在一刹那之间化为炭劫,但无论如何,当我坐在桌前,上面摆着某个人亲手捏合的饺子,热雾腾腾中,指纹美如古陶器上的雕痕,吃饺子简直可以因而神圣起来。

"手泽"为什么一定要拿来形容书法呢?一切完美的留痕,甚至饺皮上的指纹不都是美丽的手泽吗?我忽然感到万物的有情。

巷口一家饺子馆的招牌是正宗川味山东饺子馆,也许是一个四川人和一个山东人合开的。我喜欢那招牌,觉得简直可以画入《清明上河图》,那上面还有电话号码,前面注着 TEL,算是有了三个英文字母,至于号码本身,写的当然是阿拉伯文,一个小招牌,能涵容了四川、山东、中文、阿拉伯数字、英文,不能不说是一种可爱。

校车反正是每天都要坐的，而坐车看书也是每天例有的习惯。有一天，车过中山北路，劈头栽下一片叶子竟把手里的宋诗打得有了声音，多么令人惊异的断句法。

原来是从通风窗里掉下来的，也不知是刚刚新落的叶子，还是某棵树上的叶子在某时候某地方，偶然憩在偶过的车顶上，此刻又偶然掉下来的。我把叶子揉碎，它是早死了，在此刻，它的芳香在我的两掌复活，我揸开微绿的指尖，竟恍惚自觉是一棵初生的树，并且刚抽出两片新芽，碧绿而芬芳，温暖而多血，镂饰着奇异的脉络和纹路，一叶在左，一叶在右，我是庄严地合着掌的一截新芽。

两年前的夏天，我们到堪萨斯去看朱和他的全家——标准的神仙眷属，博士的先生，硕士的妻子，数目"恰恰好"的孩子，可靠的年薪，高档住宅区里的房子，房子前的草坪，草坪外的绿树，绿树外的蓝天……

临行，打算合照一张，我四下浏览，无心地说："啊，就在你们这棵柳树下面照好不好？"

"我们的柳树？"朱忽然回过头来，正色地说，"什么叫我们的柳树？我们反正是随时可以走的！我随时可以让它不是'我们的柳树'。"

一年以后，他们全家都回来了，不知堪萨斯城的那棵树如今属于谁——但朱属于这块土地，他的门前不再有柳树了，他只能把自己栽成这块土地上的一片绿意。

春天，中山北路的红砖道上，有人手拿着用粗绒线做的长腿怪鸟在兜卖，风吹着鸟的瘦胫，飘飘然好像真会走路的样子。

有些人忍不住停下来买一只。

忽然，有个女人停了下来，她不顶年轻，三十岁左右，一看就知是由于精明干练日子过得很忙碌的女人。

"这东西很好，"她抓住小贩，"一定要外销，一定赚钱，你到××路××巷×号二楼上去，一进门有个×小姐，你去找她，她一定会想办法给你弄外销！"

然后她又回头重复了一次地址，才放心地走开。

台湾怎能不富，连路上不相干的路人也会指点别人怎么做外销。其实，那种东西厂商也许早就做外销了，但那女人的热心，真是可爱得紧。

暑假里到中部乡下去，弯入一个岔道，在一棵大榕树底下看到一个身架特别小的孩子，把几根绳索吊在大树上，他自己站在一张小板凳上，结着简单的结，要把那几根绳索编成一个网花盆的吊篮。

他的母亲对着他坐在大门口，一边照顾着杂货店，一边也编着美丽的结，蝉声满树，我停下来和那妇人搭讪，问她卖不卖，她告诉我不能卖，因为厂方签好契约是要外销的。带路的当地朋友说他们全是不露声色的财主。

我想起那年在美国逛梅西百货公司，问柜台小姐那台录音机是不是台湾做的，她回了一句："当然，反正什么都是日本跟台湾来的。"

我一直怀念那条乡下无名的小路，路旁那一对富足的母子，以及他们怎样在满地绿荫里相对坐编那织满了蝉声的吊篮。

我习惯请一位姓赖的油漆工人，他是客家人，哥哥做木工，一家人彼此生意都有照顾。有一年我打电话找他们，居然不在，因为到关岛去做工程了。

过了一年才回来。

"你们也是要三年出师吧?"有一次我没话找话地跟他们闲聊。

"不用,现在两年就行。"

"怎么短了?"

"当然,现代人比较聪明!"

听他说得一本正经,我顿时对人类的前途都乐观了起来,现代的学徒不用生炉子,不用倒马桶,不用替老板娘抱孩子,当然两年就行了。

我一直记得他们一口咬定现代人比较聪明时脸上那份尊严的笑容。

老王是一个包工头,圆滚滚的身材加上圆头圆脸圆眼睛——甚至还有个圆鼻子。

可是我一直觉得他简直诗意得厉害。

一张估价单,他也要用毛笔写,还喜欢盯着人问:"怎么?这笔字不顶难看吧?"

碰到承包大工程,他就要一个人躲到乌来去,在青山绿水之间仔细推敲工和料的盈亏。

有一次,偶然闲谈,他兴高采烈地提到他在某某地方做过工程。那是一个军事单位。

"有人说那里有核弹,你看到没有?"

"当然有!"

"有,又怎么会让你看见?"我笑了起来。

"老实说，我也没看见，"他也笑起来，不过仍是理直气壮地，"不过，有，我也说有；没有，我也说有；反正我就是硬要说它有。我们做老百姓的就是这样。"

有没有核弹忽然变得不重要，有老王这样的人才是件可爱的事。

学校下面是一所大医院，黄昏的时候，病人出来散步，有些探病的人也三三两两地散步。

那天，我在山径上便遇见了几个这样的人。

习惯上，我喜欢走慢些去偷听别人说话。

其中有一个人，抱怨钱不经用，抱怨着抱怨着，像所有的中老年人一样，话题忽然就回到四十年前一块钱能买几百个鸡蛋的老故事上去了。

忽然，有一个人憋不住地叫了起来："你知道吗？抗战前，我念初中，有一次在街上捡到一张钱，哎呀，后来我等了一个礼拜天，拿着那张钱进城去，吃了馆子，又吃了冰淇淋，又买了球鞋，又买了字典，又看了电影，哎呀，钱居然还没有花完哪……"

山径渐高，黄昏渐冷。

我驻下脚，看他们渐渐走远，不知为什么，心中涌满了对黄昏时分霜鬓的陌生客的关爱，四十年前的一个小男孩，曾被突来的好运弄得多么愉快，四十年后山径上薄凉的黄昏，他仍然不能忘记……不知为什么，我忽然觉得那人只是一个小男孩，如果可能，我愿意自己是那掉钱的人，让人世间平白多出一段传奇故事……

无论如何，能去细细体味另一个人的惆怅也是一件好事。

元旦的清晨，天气异样地好，不是风和日丽的那种好，是清朗见底、毫无渣滓的一种澄澈。我坐在计程车上赶赴一个会,路遇红灯时,车龙全停了下来,我无聊地探头窗外,只见两个年轻人骑着摩托车,其中一个说了几句话,忽然兴奋地大叫起来:"真是个好主意啊!"我不知他们想出了什么好主意,但看他们阳光下无邪的笑脸,也忍不住跟着高兴起来,不知道他们的主意是什么,但能在偶然的红灯前遇见一个以前没见过以后也不会见到的人,真是一个奇异的机缘。他们的脸我是记不住的,但那不重要,重要的是我记得他们石破天惊的欢呼,他们或许去郊游,或许去野餐,或许去访问一个美丽的笑靥如花的女孩,他们有没有得到他们预期的喜悦,我不知道,但至少我得到了,我惊喜于我能分享一个陌路的未曾成形的喜悦。

有一次,路过香港,有事要和乔宏的太太联络,习惯上我喜欢凌晨或午夜打电话——因为那时候忙碌的人才可能在家。

"你是早起的还是晚睡的?"

她愣了一下。

"我是既早起又晚睡的,孩子要上学,所以要早起;丈夫要拍戏,所以要晚睡——随你多早多晚打来都行。"

这次轮到我愣了,她真厉害,可是厉害的不止她一个人。其实,所有为人妻、为人母的大概都有这份本事——只是她们看起来又那样平凡,平凡得自己都弄不懂自己竟有那么大的本领。

女人,真是一种奇怪的人,她可以没有籍贯、没有职业,甚至没有名字地跟着丈夫活着,她什么都给了人,她年老的时候拿不到一文退休金,但她却活得那么有劲头,她可以早起,可以晚睡,可以吃得极少，可以永无休假地做下去。她一辈子并不清楚自己是在付出还是在拥有。

资深主妇真是一种既可爱又可敬的角色。

文艺会谈结束的那天中午，我因为要赶回宿舍找东西，午餐会迟到了三分钟，慌慌张张地钻进餐厅，大家都按席次坐好了，已经开始吃了，忽然有人招呼我过去坐，那里刚好空着一个座位，我就不加考虑地走过去了。

等走到面前，我才呆了，那是谢东闵先生右手的位子，刚才显然是由于大家谦虚而变成了空位，此刻却变成了我这个冒失鬼的位子，我浑身不自在起来，跟"大官"一起总是件令人手足无措的事。

忽然，谢先生转过头来向我道歉："我该给你夹菜的，可是，你看，我的右手不方便，真对不起，不能替你服务了。你自己要多吃点。"

我一时傻眼望着他，以及他的手，不知该说什么。那只伤痕犹在的手忽然美丽起来，炸得掉的是手指，炸不掉的是一个人的风格和气度。我拼命忍住眼泪，我知道，此刻，我不是坐在一个"大官"旁边，而是一个温煦的"人"旁边。

经过火车站的时候，我总忍不住要去看留言牌。

那些粉笔字，不知道铁路局允许它们保留半天或一天，它们不是宣纸上的书法，不是金石上的篆刻，不是小笺上的墨痕，它们注定立刻便要消逝——但它们存在的时候，是多好的一根丝绦，就那样绾住了人间种种的牵牵绊绊。

我竟把那些句子抄了下来：

缎：久候未遇，已返，请来龙泉见。

春花：等你不见，我走了（我两点再来）。荣。

展：我与姨妈往内埔姐家，晚上九时不来等你。

每次看到那样的字总觉得好，觉得那些不遇、焦灼、愚痴中也自有一份可爱，一份人间的必要的温度。

还有一个人，也不署名，也没称谓，只扎手扎脚地写了"吾走矣"三个大字，板黑字白，气势好像要突破挂板飞去的样子。也不知道究竟是写给某一个人看的，还是写给过往来客的一句诗偈，总之，令人看得心头一震！

《红楼梦》里麻鞋鹑衣的疯道人可以一路唱着《好了歌》，告诉世人万般"好"都是因为"了断"尘缘，但为什么要了断呢？每次我望着大小驿站中的留言牌，总觉万般的好都是因为不了不断、不能割舍而来的。

天地也无非是风雨中的一座驿亭，人生也无非是种种羁心绊意的事和情，能题诗在壁总是好的！

种种可爱

作为一个小市民有种种令人生气的事——但幸亏还有种种可爱，让人忍不住地高兴。

中华路有一家卖蜜豆冰的——蜜豆冰原来是属于台中的东西，但不知什么时候台北也都有了——门前有一副对联，对联的字写得普普通通，内容更谈不上工整，却是情婉意贴，令人动容。

上句是：我们是来自淳朴的小乡村。

下句是：要做大台北无名的耕耘者。

店名就叫"无名蜜豆冰"。

台北的可爱就在各行各业间平起平坐的大气象。

永康街有一家卖面的，门面比摊子大、比店小，常在门口换广告词，冬天是"100℃的牛肉面"。

春天换上"每天一碗牛肉面，力拔山河气盖世"。

这比"日进斗金"好多了，我每看一次简直就对白话文学多生出一份信心。

好几年前，我想找一个洗衣兼打扫的半工。介绍人找了一位洗衣妇来。

"反正你洗完了我家也是去洗别人家的,何不洗完了就替我打扫一下,我会多算钱的。"

她小声地咕哝了一阵,介绍人郑重宣布:"她说她不扫地——因为她的兴趣只在洗衣服。"

我起先几乎大笑,但接着不由一凛:原来洗衣服也可以是一个人认真的"兴趣"。

原来即使是在"洗衣"和"扫地"之间,人也要有其一本正经的抉择——有抉择才有自主的尊严。

带一位香港的朋友坐出租车去找一个地方,那条路特别不好找,出租车驾驶找过了头,然后又折回来。

下车的时候,他坚持要留下多绕了冤枉路的钱。

"是我看错才走错的,怎么能收你们的钱?"

后来死推活拉,总算用折中的办法,把争执的差额付了。香港的朋友简直看得愣住了,我觉得大有面子。

祝福那位驾驶。

我家附近有一个卖水果的,本来卖许多种水果,后来改了,只卖木瓜,见我走过,总要说一句:"老师,我现在卖木瓜了——木瓜专科。"

又过了一阵,他改口说:"老师,现在更进步了,是木瓜大学了。"

我喜欢他那骄矜自喜的神色,喜欢他四个肤色润泽、活蹦乱跳的孩子——大概都是木瓜大学作育有功吧?

隔巷有位老太太,祭祀很诚,逢年过节总要上供。有一天,我经过她设在门口的供桌，大吃一惊，原来上供的主菜竟是洋芋沙拉，另外居然还有罐头。

后来想想，倒也发觉她的可爱，活人既然可以吃沙拉和罐头，让祖宗或神仙换换口味有何不可？

她的没有章法的供菜倒是有其文化交流的意义了。

从前，在中华路平交道口，总是有个北方人在那里卖大饼，我从来没有见过那种大饼整个一块到底有多大，但从边缘的弧度看来直径总超过二尺。

我并不太买那种饼，但每过几个月我总不放心地要去看一眼，我怕吃那种饼的人愈来愈少，卖饼的人会改行。我这人就是"不放心"。（和平东路拓宽时，我很着急，生怕师大当局一时兴起，把门口那开满串串黄花的铁刀木砍掉，后来一探还在，高兴得要命。）

那种硬硬厚厚的大饼对我而言差不多是有生命的，北方黄土高原上的生命，我不忍看它在中华路慢慢绝种。

后来不知怎么搞的，忽然满街都在卖那种大饼，我安心了，真可爱，真好，有一种东西暂时不会绝种了！

华西街是一条好玩的街，儿子对毒蛇发生强烈兴趣的那一阵子我们常去。我们站在毒蛇店门口，一家一家地去看那些百步蛇、眼镜蛇、雨伞节……

"那条蛇毒不毒？"我指着一条又粗又大的问店员。

"不被咬到就不毒！"没料到是这样一句回话，我为之暗自感叹不已。其实，世事皆可作如是观。有浪，但船没沉，何妨视作无浪；有陷阱，但人未失足，何妨视作坦途。

我常常想起那家蛇店。

有一天在一家公司的墙上看到这样一张小纸条：

"请随手关灯，节约能源，支援十大建设。"

看了以后，一下子觉得十大建设好近好近，好像就是家里的事，让人觉得就像自家厨房里要添抽风机或浴室里要添热水炉，或饭厅里要添冰箱的那份热闹亲切的喜气——有喜气就可以省着过日子，省得扎实有希望。

为了整修"我们咖啡屋"，我到八斗子渔港去买渔网，渔网是棉纱的，用山上采来的一种植物染成赭红色，现在一般都用尼龙的了，那种我想要的老式的棉纱渔网已成古董。

终于找到一家有老渔网的，他们也是因为舍不得，所以许多年来一直没丢，谈了半天，他们决定了价钱："二角三！"

二角三就是二千三百的意思，我只听见城里市面上的生意人把一万说成一块，没想到在偏僻的八斗子也是这样说的，大家说到钱的时候，全都不当回事，总之是大家都有钱了，把一万元说成一块钱的时候，颇有那种偷偷地志得意满而又谦逊不露的劲头。

有一阵子，我的公交月票掉了，还没补办好再买的手续以前，我只好每次买票——但是因为平时没养成那份习惯，每看见车来，很自然地跳上去了，等发现自己没有月票，人已经在车上了。

这种时候，车掌多半要我就便在车上跟其他乘客买票——我买了，但等我付钱时那些买主竟然都说："算了，不要钱了。"一次犹可，连着几次都是这样，使我着急起来，那么多好人，令人"无所逃于天地之间"，长此以往，我岂不成了"免费乘车良策"的发明人了，老是遇见好人也真是让人非常吃不消的事。

我的月票始终没去补办,不过却幸运地被捡到的人辗转寄回来了,我可以高高兴兴地不再受惠于人了——不过偶然想起随便在车上都能遇见那么多肯"施惠于人"的好人,可见好人倒也不少,台北究竟还是个适合人住的地方。

在一家最大规模的公立医院里,看到一个牌子,忍不住笑了起来,那牌子上这样写着:"禁止停车,违者放气。"

我说不出地喜欢它!

老派的公家机关,总不免摆一下衙门脸,尽量在口气上过官瘾,碰到这种情形,不免要说:"违者送警"或"违者法办"。

美国人比较干脆,只简简单单地两个大字"No Parking"——"勿停"。

但口气一简单就不免显得太硬。

还是"违者放气"好,不凶霸不懦弱,一点不涉于官方口吻,而且憨直可爱,简直有点孩子气的作风——而且想来这办法绝对有效。

有个朋友姓李,不晓得走路的习惯是偏于内八字或外八字——总之,他的鞋跟老是磨得内外侧不一样厚。

他偶然找到一个鞋匠,请他换鞋跟,很奇怪地,那鞋匠注视了一下,居然说:"不用换了,只要把左右互调一下就是了。反正你的两块鞋跟都还有一半是好用的!"

朋友大吃一惊,好心劝告他这样处处替顾客打算,哪里有钱赚,他却也理直气壮:"该赚的才赚,不该赚的就不赚——这块鞋底明明还能用。"

朋友刮目相看,然后试探性地问他:"做了一辈子事,退了役还得补鞋,政府真对不起你。"

"什么?人人要这样一想还得了,其实只有我们对不起政府,政府哪有什么对不起我们的。"

朋友感动不已,嗫嗫嚅嚅地表示要送他一套旧西装(他真的怕会侮辱他),他倒也坦然接受了。

不知为什么,朋友说这故事给我听的时候,我也不觉陌生,而且真切得有如今天早晨我才看过那老鞋匠似的。

有一次在急诊室看医生救病人,病人已经昏迷了,氧气罩也没用了。医生狠劲地用一个类似皮球的东西往里面压缩氧气。

至少是呼吸系统有毛病。

两个医生轮流压,像打仗似的。

渐渐地,他清醒了,但仍说不出话来,医生只好不断发问来让他点头摇头,大概问十几个问题才碰得上一个点头的答案。

他是在路上发病的,一个亲人也没有,送他来的是一个不相干的人。

后来发现他可以写字——虽然他眼睛一直是闭着的。

医生问他的病历,问他是不是服过某些成药,问他现在的感觉,忽然,那医生惊喜地叫了一声:"写下去,写下去,再写!你写得真好——哎,你的字好漂亮呀!"

整个急救的过程,我都一面看一面佩服,但是当他用欢呼的声音去赞美那病人不成笔画的字的时候,我却为之感动得哽咽起来。

病人果真一路写下去。

也许那病人想起了什么，虽然闭着眼睛，躺在床上仰面而写，手是从生死边缘被救回来的颤抖不已的手——但还有人在赞美他的字！也许是颜体的，也许是柳体的，也许什么都不是，只是一个活着的人写的字，可贵的是此刻他的字是"被赞美的字"。

那医生救人的技能来自课本，但他赞美病人的字迹却来自智慧和爱心，后者更足以使整个急救室像殿堂一样的神圣肃穆起来。

在澄清湖的小山上爬着，爬到顶，有点疑惑不知该走哪一条路回去，问道于路旁的一个老兵。

那人简直不会说话得出奇，他说："看到路——就走，看到路——就走，再看到路——再走，就到了。"

我心里摇头不已，怎么碰到这么呆的指路人！

赌气回头自己走，倒发现那人说得也没错，的确是"看到路——就走"，渐渐地，也能咀嚼出一点那人言语中的诗意来。天下事无非如此，"看到路——就走"，哪有什么一定的金科玉律，一部二十五史岂不是有路就走——没有路就开路，原来万物的事理是可以如此简单明了——简单明了得有如呆人的一句呆话。

西谚说，把幸运的人丢到河里，他都能口衔宝物而归。我大概也是幸运的人，生活在这座城里，虽也有种种倒霉事，但奇怪的是，我记得住的而且在心中把玩不已的全是这些可爱的片段！这些从生活的渊泽里捞起来的种种不尽的可爱。

当下

"当下"这个词,不知可不可以被视为人间最美丽的字眼?

她年轻、美丽、被爱,然而,她死了。

她不甘心,这一点,天使也看得出来。于是,天使特别恩准她遁回人世,并且她可以在一生近万个日子里任挑一天,去回味一下。

她挑了十二岁生日的那一天。

十二岁,艰难的步履还没有开始,复杂的人生算式才初透玄机,应该是个值得重温的黄金时段。

然而,她失望了。十二岁生日的那天清晨,母亲仍然忙得像一只团团转的母鸡,没有人有闲暇可以多看她半眼,穿越时光回奔而来的女孩,惊愕万分地看着家人,不禁哀叹:

这些人活得如此匆忙,如此漫不经心,仿佛他们能活一百万年似的。他们糟蹋了每一个"当下"。

以上是美国剧作家怀尔德的作品《我们的小镇》里的一段。

是啊，如果我们可以活一千年，我们大可以像一株山巅的红桧，扫云拭雾，卧月眠霜。

如果我们可以活一万年，那么我们亦得效悠悠磐石，冷眼看哈雷彗星以七十六年为一周期，旋生旋灭。并且翻览秦时明月、汉代边关，如翻阅手边的零散手札。

如果可以活十万年呢？那么就做冷冷的玄武岩岩岬吧，纵容潮汐的乍起乍落，浪花的忽开忽谢，岩岬只一径兀然枯立。

果真可以活一百万年，你尽管学大漠沙砾，任日升月沉，你只管寂然静阒。

然而，我们只拥有百年光阴。其短促倏忽——照圣经形容——只如一声喟然叹息。

即使百年，元代曲家也曾给它做过一番质量分析，那首曲子翻成白话便如下文：

号称人生百岁，其实能活到七十也就算古稀了，其余三十年是个虚数啦。

更何况这期间有十岁是童年，糊里糊涂，不能算数。后十载呢？又不免老年痴呆，严格来说，中间五十年才是真正的实数。

而这五十年，又被黑夜占掉了一半。

剩下的二十五年，有时刮风，有时下雨，种种不如意。

至于好时光，则飞逝如奔兔，如迅鸟，转眼成空。

仔细想想，都不如抓住此刻，快快活活过日子划得来。元曲的话说得真是白，真是直，真是痛快淋漓。

万古乾坤,百年身世。且不问美人如何一笑倾国,也不问将军如何引箭穿石。帝王将相虽然各自有他们精彩的脚步,犀利的台词,我们却只能站在此时此刻的舞台上,在灯光所打出的表演区内,移动我们自己的台步,演好我们的角色,扣紧剧情,一分不差。人生是现场演出的舞台剧,容不得NG再来一次,你必须演好当下。

生有时,死有时
栽种有时,拔毁有时
……
哭有时,笑有时
哀恸有时,欢跃有时
抛有时,聚有时
寻获有时,散落有时
得有时,舍有时
……
爱有时,恨有时
战有时,和有时

以上的诗,是号称智慧国王所罗门的歌。那歌的结论,其实也只是在说明,人在周围种种事件中行过,在每一记"当下"中完成其生平历练。

"当下",应该有理由被视为人间最美丽的字眼吧?

我喜欢

我喜欢活着,生命是如此充满愉悦。

我喜欢冬天的阳光,在迷茫的晨雾中展开。我喜欢那份宁静淡远,我喜欢那没有喧哗的光和热,而当中午,满操场散坐着晒太阳的人,那种原始而纯朴的意象总深深地感动着我的心。

我喜欢在春风中踏过窄窄的山径,草莓像精致的红灯笼,一路殷勤地张结着。我喜欢抬头看树梢尖尖的小芽儿,极嫩的黄绿色中透着一派天真的粉红——它好像准备着要奉献什么,要展示什么。那柔弱而又生意盎然的风度,常在无言中教导我一些最美丽的真理。

我喜欢看一块平平整整、油油亮亮的秧田。那细小的禾苗密密地排在一起,好像一张多绒的毯子,是集许多翠禽的羽毛织成的,它总是激发我想在上面躺一躺的欲望。

我喜欢夏日的永昼,我喜欢在多风的黄昏独坐在傍山的阳台上。小山谷里的稻浪推涌,美好的稻香翻腾着。慢慢地,绚丽的云霞被浣净了,柔和的晚星遂一一就位。我喜欢观赏这样的布景,我喜欢坐在那舒服的包厢里。

我喜欢看满山芦苇，在秋风里凄然地白着。在山坡上，在水边上，美得那样凄凉。那次，刘告诉我他在梦里得了一句诗："雾树芦花连江白。"意境是美极了，平仄却很拗口。想凑成一首绝句，却又不忍心改它。想联成古风，又苦再也吟不出相当的句子。至今那还只是一句诗，一种美而孤立的意境。

我也喜欢梦，喜欢梦里奇异的享受。我总是梦见自己能飞，能跃过山丘和小河。我总是梦见奇异的色彩和悦人的形象。我梦见棕色的骏马，发亮的鬣毛在风中飞扬。我梦见成群的野雁，在河滩的丛草中歇宿。我梦见荷花海，完全没有边际，远远在炫耀着模糊的香红——这些，都是我平日不曾见过的。最不能忘记那次梦见在一座紫色的山峦前看日出——它原来必定不是紫色的，只是翠岚映着初升的红日，遂在梦中幻出那样奇特的山景。

我当然同样在现实生活里喜欢山，我办公室的长窗便是面山而开的。每次当窗而坐，总沉得满几尽绿，一种说不出的柔和。较远的地方，教堂尖顶的白色十字架在透明的阳光里巍立着，把蓝天撑得高高的。

我还喜欢花，不管是哪一种。我喜欢清瘦的秋菊，浓郁的玫瑰，孤洁的百合，以及幽娴的素馨。我也喜欢开在深山里不知名的小野花。十字形的、斛形的、星形的、球形的。我十分相信上帝在造万花的时候，赋给它们同样的尊荣。

我喜欢另一种花儿，是绽开在人们笑颊上的。当寒冷早晨我在巷子里，对门那位清癯的太太笑着说："早！"我就忽然觉得世界是这样的亲切，我缩在皮手套里的指头不再感觉发僵，空气里充满了和善。

当我到了车站开始等车的时候，我喜欢看见短发齐耳的中学生，那样精神奕奕的，像小雀儿一样快活的中学生。我喜欢她们美好宽阔而又明净的额头，以及活泼清澈的眼神。每次看着她们老让我想起自己，总觉得似乎我仍是她们中间的一个。仍然单纯地充满了幻想，仍然那样容易受感动。

当我坐下来，在办公室的写字台前，我喜欢有人为我送来当天的信件。我喜欢读朋友们的信，没有信的日子是不可想象的。我喜欢读弟弟妹妹的信，那些幼稚纯朴的句子，总是使我在泪光中重新看见南方那座燃遍凤凰花的小城。最不能忘记那年夏天，德从最高的山上为我寄来一片蕨类植物的叶子。在那样酷暑的气候中，我忽然感到甜蜜而又沁人的清凉。

我特别喜爱读者的信件，虽然我不一定有时间回复。每次捧读这些信件，总让我觉得一种特殊的激动。在这世上，也许有人已透过我看见一些东西。这不就够了吗？我不需要永远存在，我希望我所认定的真理永远存在。

我把信件分放在许多小盒子里，那些关切和怀谊都被妥善地保存着。

除了信，我还喜欢看一点书，特别是在夜晚，在一灯荧荧之下。我不是一个十分用功的人，我只喜欢词曲方面的书。有时候也涉及一些古拙的散文，偶然我也勉强自己看一些浅近的英文书，我喜欢他们文字变化的活泼。

夜读之余，我喜欢拉开窗帘看看天空，看看灿如满园春花的繁星。我更喜欢看远处山坳里微微摇晃的灯光。那样模糊，那样幽柔，是不是那里面也有一个夜读的人呢？

在书籍里面我不能自抑地要喜爱那些泛黄的线装书，握着它就觉得握着一脉优美的传统，那涩黯的纸面蕴含着一种古典的美。我很自然地想到，有几个人执过它，有几个人读过它。他们也许都过去了。历史的兴亡、人物的迭代本是这样虚幻，唯有书中的智慧永远长存。

我喜欢坐在汪教授家中的客厅里，在落地灯的柔辉中捧一本线装的昆曲谱子。当他把旧发亮的褐色笛管举到唇边的时候，我就开始轻轻地按着板眼唱起来，那柔美幽咽的水磨调在室中低回着，寂寞而空荡，像江南一池微凉的春水。我的心遂在那古老的音乐中体味到一种无可奈何的轻愁。

我就是这样喜欢着许多旧东西，那块小毛巾，是小学四年级参加儿童周刊父亲节征文比赛得来的；那一角花岗石，是小学毕业时和小曼敲破了各执一半的；那具布娃娃是我儿时最忠实的伴侣；那本毛笔日记，是七岁时被老师逼着写成的；那两支蜡烛，是我过二十岁生日的时候，同学们为我插在蛋糕上的……我喜欢这些财富，以至每每整个晚上都在痴坐着，沉浸在许多快乐的回忆里。

我喜欢翻旧相片，喜欢看那个大眼睛长辫子的小女孩。我特别喜欢坐在摇篮里的那张，那么甜美无忧的时代！我常常想起母亲对我说："不管你们将来遭遇什么，总是回忆起来，人们还有一段快活的日子。"是的，我骄傲，我有一段快活的日子——不只是一段，我相信那是一生悠长的岁月。

我喜欢把旧作品一一检视，如果我看出已往作品的缺点，我就高兴得不能自抑——我在进步！我不是在停顿！这是我最快乐的事了，我喜欢进步！

我喜欢美丽的小装饰品，像耳环、项链和胸针。那样晶晶闪闪的、细细微微的、奇奇巧巧的。它们都躺在一个漂亮的小盆子里，炫耀着不同的美丽，我喜欢不时看看它们，把它们佩在我的身上。

我就是喜欢这么松散而闲适地生活，我不喜欢精密分配的时间，不喜欢紧张地安排节目。我喜欢许多不实用的东西，我喜欢充足的沉思时间。

我喜欢晴朗的礼拜天清晨，当低沉的圣乐冲击着教堂的四壁，我就忽然升入另一个境界，没有纷扰，没有战争，没有嫉恨与恼怒。人类的前途有了新光芒，那种确切的信仰把我带入更高的人生境界。

我喜欢在黄昏时来到小溪旁。四顾没有人，我便伸足入水——

那被夕阳照得极艳丽的溪水,细沙从我趾间流过,某种白花的瓣儿随波漂去,一会儿就幻灭了——这才发现那实在不是什么白花瓣儿,只是一些被石块激起来的浪花罢了。坐着,坐着,好像天地间流动着和暖的细流。低头沉吟,满溪红霞照得人眼花,一时简直觉得双足是浸在一钵花汁里呢!

我更喜欢没有水的河滩,长满了高及人肩的蔓草。日落时一眼望去,白石不尽,有着苍莽凄凉的意味。石块垒垒,把人心里慷慨的意绪也堆叠起来了。我喜欢那种情怀,好像在峡谷里听人喊秦腔,苍凉的余韵回转不绝。

我喜欢别人不注意的东西,像草坪上那株没有人理会的扁柏,那株瑟缩在高大龙柏之下的扁柏。每次我走过它的时候总要停下来,嗅一嗅那股儿清香,看一看它谦逊的神气。有时候我又怀疑它是不是谦逊,因为也许它根本不觉得龙柏的存在。又或许它虽知道有龙柏存在,也不认为伟大与平凡有什么两样——事实上伟大与平凡的确也没有什么两样。

我喜欢朋友,喜欢在出其不意的时候去拜访他们。尤其喜欢在雨天去叩湿湿的大门,在落雨的窗前话旧是多么美,记得那次到中部去拜访芷的山居,我永不能忘记她看见我时的惊呼。当她连跑带跳地来迎接我,山上阳光都似乎忽然炽燃起来了。我们走在向日葵的荫下,慢慢地倾谈着。那迷人的下午像一阕轻快的曲子,一会儿就奏完了。

我极喜欢,而又带着几分崇敬去喜欢的,便是海了。那辽阔,那淡远,都令我心折。而那雄壮的气象,那平稳的风范,以及那不可测的深沉，一直向人类作着无言的挑战。

我喜欢家，我从来还不知道自己会这样喜欢家。每当我从外面回来，一眼看到那窄窄的红门，我就觉得快乐而自豪，我有一个家多么奇妙！

我也喜欢坐在窗前等他回家来。虽然过往的行人那样多，我总能分出他的足音。那是很容易的，如果有一个脚步声，一入巷子就开始跑，而且听起来是沉重急速的大阔步，那就准是他回来了！我喜欢他把钥匙放进门锁中的声音，我喜欢听他一进门就喘着气喊我的英文名字。

我喜欢晚饭后坐在客厅里的时分。灯光如纱，轻轻地洒开。我喜欢听一些协奏曲，一面捧着细瓷的小茶壶暖手。当此之时，我就恍惚能够想象一些田园生活的悠闲。

我也喜欢户外的生活，我喜欢和他并排骑着自行车。当礼拜天早晨我们一起赴教堂的时候，两辆车子便并驰在黎明的道上，朝阳的金波向两旁溅开，我遂觉得那不是一辆脚踏车，而是一艘乘风破浪的飞艇，在无声的欢唱中滑行。我好像忽然又回到刚学会骑车的那个年龄，那样兴奋，那样快活，那样唯我独尊——我喜欢这样的时光。

我喜欢多雨的日子。我喜欢对着一盏昏灯听檐雨的奏鸣。细雨如丝，如一天轻柔的叮咛。这时候我喜欢和他共撑一柄旧伞去散步。伞际垂下晶莹成串的水珠——一幅美丽的珍珠帘子。于是伞下开始有我们宁静隔绝的世界，伞下缭绕着我们成串的往事。

我喜欢在读完一章书后仰起脸来和他说话，我喜欢假想许多事情。

"如果我先死了,"我平静地说着,心底却泛起无端的哀愁,"你要怎么样呢?"

"别说傻话,你这憨孩子。"

"我喜欢知道,你一定要告诉我,如果我先死了,你要怎么办?"

他望着我,神色愀然。

"我要离开这里,到很远的地方去,去做什么,我也不知道,总之,是很遥远的很蛮荒的地方。"

"你要离开这屋子吗?"我急切地问,环视着被布置得像一片紫色梦谷的小屋。我的心在想象中感到一种剧烈的痛楚。

"不,我要拼着命去赚很多钱,买下这栋房子。"他慢慢地说,声音忽然变得凄怆而低沉。

"让每一样东西像原来那样被保持着。哦,不,我们还是别说这些傻话吧!"

我忍不住潸泪泫然了,我不明白,为什么我喜欢问这样的问题。

"哦,不要痴了,"他安慰着我,"我们会一起死去的。想想,多美,我们要相偕着去参加天国的盛会呢!"

我喜欢相信他的话,我喜欢想象和他一同跨入永恒。

我也喜欢独自想象老去的日子,那时候必是很美的。就好像夕晖满天的景象一样。那时再没有什么可争夺的,可流连的。一切都淡了,都远了,都漠然无介于心了。那时候智慧深邃明彻,爱情渐渐醇化,生命也开始慢慢蜕变,好进入另一个安静美丽的世界。啊,那时候,那时候,当我抬头看到精金的大道,碧玉的城门,以及千万只迎我的号角，我必定是很激励而又很满足的。

我喜欢，我喜欢，这一切我都深深地喜欢！我喜欢能在我心里充满着这样多的喜欢！

戈壁行脚

大漠,即大沙漠,蒙古语曰额伦,满洲语曰戈壁,广漠无垠,浩瀚如海,古亦称为瀚海。

——中文大辞典

一

"你说,我们是不是疯了?"慕蓉转脸问我,当时车窗外约五百公尺的地方正跑过一群蒙古黄羊,蹄子上仿佛一一长了翅膀,飞快,"顶着这七月中旬正午的大太阳,我们居然跑到这南戈壁的碎石滩上来。"

"对,我们是疯了!"我回答她,眼睛仍不离那上百只的野生黄羊。据说他们有四十万头。

"在蒙古草原旅行看到黄羊,是表示幸运!"有人向我们解释。

"可是,"有人抗议,"刚才一大早看到两只灰鹤的时候,你不是也这么说的吗?请问有没有什么动物看到了是不顺的?"

解说的人一时语塞，不知怎么接话——我很想替他回答：在蒙古，只要碰见的不是老虎、熊、豹、蛇那些会伤人的动物就都是幸运的。这块土地比中国台湾大五十倍，人口却只有我们的十分之一，尤其在南戈壁，车行五六小时却不见一人并不稀奇。因此，如果碰到驯良的生物，应该都叫幸运。

黄羊屁股上一圈白，很像小鹿。我起先看它们飞奔，以为它们在躲避汽车。后来看他们跑过了汽车还一直跑个不停，才觉得它们是有点起哄好玩的意思，也许它们正在争相传告："今天一定幸运，因为碰上了一辆汽车。"

那批黄羊大概也疯了——乐疯了。

二

"一川碎石大如斗"，唐人的诗是这样说的。

以前总以为诗人夸张，此刻站在碎石滩上，才知道，事情其实是可能的。此地的碎石仅仅"大如拳"，也许是经过一千二百年的风霜雨露，它们纷纷解体了吧？

这样的碎石滩邈远孤绝，四顾茫然若失，人往大地上一站，只觉自己也成了满地碎石里的一块，凝固，硬挺，在干和热里不断消减成高密度的物质。

沙海终于到了。

我会溺死——若我在亿载之前来。方其时也，这里正是海底，珊瑚正在敷彩，年轻的三叶虫正在轻轻试划自己的肢体。而我会溺死于那片黛蓝，若我来，在亿载之前。

而此刻，在同一坐标，我会干涸而死。若我再枯晒一天。背包里只有一瓶水，一包杏脯和几片饼干。只要我在此站上一天，我就会永远站在这里了。

沙上冷不防地会冒出一二具动物的尸体，不知怎么死的？是因为老病或负伤？是由于殴斗或饥饿？看来它们都一样了，安静的侧卧着，和黄沙同色——一半已埋在沙下，只等待下一场风暴把它们掩埋得更深更不落形迹。

生活过，奔驰过，四顾茫然过，在偶雨时欢欣若狂过——这就是那具骆驼或那具马尸的一生吧？不，这就是一切有情有识的生物的一生吧？

死亡从四面八方虎视眈眈地逼视着这片土地，逼视着我向大化借来的这微贱如蚁的生命——可是，就在这水滴下来都会嗤一声冒起白烟的沙海上，居然还长得出一丛丛卧在地上的小灌木。灌木上还结着小浆果，浆果粒大如黄豆，揉开来是黏稠的汁液，令人迷惑不知所解。仿佛有什么魔法师用幻术养出了这批植物。

风吹来，在沙海，我在沙纹间重绘亿万年前波浪的线条，在风声中复习亿万年前涛声的节拍。望着自己明日即会消失的脚迹，感到这卑微的生存和巨大无常间不成比例的抗衡。

沙海上有一块刺猬的皮，C把它捡起来——那小动物的身体已不知何处去了，却只在一丛小灌木前留下那片芒刺戟张的皮。肉体已经消蚀尽了。那护卫着柔弱肉体的尖锐芒刺却空自胡里胡涂的继续执行任务。如出鞘之剑，森森寒芒，不知要向何方劈刺。

我原以为C捡拾那片刺猬皮是随捡随丢的，却不料他竟拎回去了。我很愕然，呆呆瞪着那密密麻麻的刺，觉得有什么东西穿心而过。

三

我们躺在临时搭成的蒙古包里。那时，已近午夜二点。

包有一个拱顶，圆圆的，像罗马城的"万神祠"大教堂。那教堂的圆顶大剌剌地开着个大洞，伸手就可以擒来云之白与天之蓝，连飞鸟与天风也是招之即来，挥之即去。那万神祠对我而言远比圣彼得大教堂华美庄严。

而这蒙古包的顶也有一半是开向天空的。

尘沙上有一张薄褥，我就躺在那上面。仰头看天，天上有几粒星，刚好从那半圆形的天窗洒下，因为洞小，容不得满天星斗，但也因为只有那几粒，仿佛分外暗含无穷天机。

如果我能再多清醒一会儿，我就会看到小洞里的星光如何移位。我就能看到时光诡秘的行踪。然而，我睡去了，我无法偷窥一部时光的演义——反而，在暴露的半圆小穴里，我容整张大漠的天空俯视着我的睡容，且让每一颗经过的星星在窥视时轻轻传呼着："看啊，那女子和我们一样，她正一个时辰一个时辰地老去。一如我们，有一天一觉醒来，我们都将烟消云散，恰如那一夜拔营的蒙古包，不留一丝痕迹。"

我睡去，在不知名的大漠上，在不知名的朋友为我们搭成的蒙古包里，在一日急驰、累得倒地即可睡去的时刻。我睡去，无异于一只羊，一匹马，一头骆驼，一株草。我睡去，没有角色，没有头衔，没有爱憎，只是某种简单的沙漠生物，一时尚未命名。我沉沉睡去。

四

"这是阿尔泰山。"她简单地说。

"阿尔泰山。"我简单地重复。

好像没有什么可说的，对，这就是阿尔泰山天山的北支。李白的诗啊！明月出天山，苍茫云海间。它当然是，它一直就在那里，它一直就是。

我读过它的名字，在小学的教科书里，对我来说，它和"地球是圆的""1＋1＝2"都属于童年时代牢不可破的真理的一部分。此时见它，只觉是地理书页里少掉的一页插图，现在又补上了，一切是如此顺理成章。

而这插图却一直展现在车子的正前方，我要怎么办呢？它如此美丽、安然而又不动声色。你的眼睛无法移开，因为广大的荒漠中再没有什么其他的视线焦点了。其实它并不抢眼，像古代恐龙一列长长的背脊，而恐龙正低头吃草，不想惊人，也不想被惊。四野亦因而凝静如太古。

阿尔泰山。我不知该怎么办。

我若能挥鞭纵马，直攀峰头；我若能逐草而居，驱羊到溪涧中去痛饮甘泉；我若能手拨马头琴，讲述悠古的战史；我若能身肩绫罗绸缎，去卖给四方好颜色的女子……是的，我若是草原上的战士、牧人、行吟诗人或商贾,则阿尔泰山于我便如沙地的长枕,可以狎热亲腻。但我不是,我是必须离去的过客。

终于我们下了车,去走"约珥峡谷"。七月的山色如江南荷田,那绿色是上天一时的恩旨,所以格外矜贵。野花蔓开,使人不禁羡慕山径上的地鼠,它们把每个小山丘都钻满了洞穴,探头探脑,来看这一夏好景。

山沟的水慢悠悠地流过。

敖包立在路旁。是一堆碎石头叠成的一人高的小丘。

"经过敖包,骑者必须下马,行者必须崇足,顺时针方向绕一圈,然后前行。而且,不要忘了为敖包加一块石头。"

"蒙古人只记得他们是从大兴安岭上下来的,所以到了草原,他们还是想垒个小石堆来思念一下。敖包上方有时会插上许多根树枝,那是象征大兴安岭上的森林。"

原来,一个人在堆敖包的时候,他正肩负着整个民族的记忆!

一只沙雁飞起,羽色如砂,倏忽间消失了。

一路行来,我一直问自己一个问题:"这块土地,究竟是属于谁的?"然而,此刻,我忽然明白,"不,土地不属人类,不要问它属于谁,该问'谁属于它',黄羊属它,灰鹤属它,沙雁属它,天鹰属它,地鼠属它,牧民属它,如果我爱它,我也属它……"

五

人在峡谷里走,左颊是山,右眉是山,两者仿佛立刻都要擦撞过来，不免惊心动魄。脚下又每是野花，走起路来就有点蹦蹦跳跳的意味，怕踩坏了一路芳华。生命在极旺盛极茂美之际也每每正是最堪痛惜的时分。

想起昨天在戈壁博物馆里看一只"银龙笛"，笛子镶银，银子打造成龙的形状，但整个笛身却是由一根腿胫骨削成的。

"这是一根十八岁女子的腿胫骨。"解说员说。

"为什么单单要用十八岁女子的腿胫骨？"我问。

"因为，十八岁就死去的女子，腿胫骨的声音最好听。"那解说员回答得斩钉截铁。她是一个大眼睛的女子，她回答的时候并无"据闻""听说"等缓冲词，仿佛那腿胫骨的声音是她亲耳所闻。

我把眼睛贴在博物馆凉凉的玻璃上，看那致密呈象牙色的骨管。十八岁女子的腿骨又如何呢？从科学上说，十八岁女子是不致骨质疏松的，但这一定不是真正的理由，真正的理由是——我走开去，一直想。

而此刻在七月的阿尔泰山山麓，在野花如毡的约珥山谷，我仍在想，那管属于十八岁女子银龙笛的音色。我想那声音中必然有清扬和呜咽，有委曲和畅直，有对生命的迟疑和试探，也有情不得已的割舍和留恋——是这一切令人想起十八岁的女子，是某个年代草原上某些牧人对某个女子骤然逝去深感不舍吧？他们于是着手把她装饰成一截永恒的回音。

峡谷如甬道，算不算一管箫笛呢？流泉淙淙，算不算"阳春白雪"之音呢？我行其间，算不算知音之人呢？

峡谷深处竟是幽幽玄冰，千年相积而不化，想此冰当年曾见铁木真的铁骑，铁木真却不能重睹今夕这莹蓝晶闪的冰雪之眸了。六十五岁，大汗天子在围猎野马时从坐骑上摔下，从此他自这漠漠草原上消失。而积冰却千年万年，在山谷的曲径深处放其幽幽的蓝光。

牦牛在吃草，地鼠作其鼠窜，溪在流，阿尔泰山（原文系"有金之山"）仍然炫耀着夕阳的赤金，"杭盖"（原文指有山有水之处）仍然很杭盖。这一切，好得不能再好。七点了，天仍蓝，云仍白，不安的沙雁仍飞来飞去想找一个更安全的草丛，草原上的夏天有用不完的精力，即使到九点钟，亦仍有堂堂皇皇的天光。

六

第一天，黄昏微雨，戈壁上出现了长虹——那样绝对的平面加上绝对圆弧，几何上最简单却又最慑人的美。而我没有带照相机，于是稍稍有些后悔。第二天，没有雨，因此有艳丽的夕阳，于是，我又有些后悔。

但是我还是坚持不带相机，对环保而言，照相多少是一项污染。如果真有艺术杰作，或者可以稍稍弥过。但我又是个极端蹩脚的摄影人，不如去借别人的来加洗。何况我一向啰嗦，旅行起来，连咖啡都带着，能勒令自己少受相机的打扰也总是好事。

由于没有照相机，我也许只能记得很少，我也许会忘记很多。但我已明白，如果我会忘记，那么，就让能记住的被记住，该遗忘的被遗忘。人生在世，也只能如此了。

——夕阳仍浮在山上，我们傻傻地坐在草地上，连一向拍照最忙碌的H也安详地抱膝而坐。

"快拍呀!"有人催他。

"不,不要拍夕阳,"他神祕一笑,"我干过太多次这种事了。每次看到夕阳漂亮就拍,拍出来,却不怎么样。下一次,又看到,又拍,洗出来,还是不怎么样……现在,不拍了!"

他一副"上当多了"的表情,我忽然不后悔了,了解真正碰到大美景的时候,有相机在手跟没相机在手一样无助。

"总不能什么好东西都被你拍光了!"我的语气仿佛有点幸灾乐祸似的,"上帝总还要留一两招是你没办法的!"

七

我对歌者布鲁博道尔济说:"给我们唱一首歌吧!"

那时候我们的车子正驰向归途,夕阳尚衔在山间。

"给我们唱一首跟马有关的歌,好吗?"

"啊!蒙古的歌有一半都跟马有关呢!"

我从没想到,原来只打算提醒他一下,好让他比较容易选一首歌,不料竟有一半的歌都和马有关。

道尔济是文化协会派来与我们同行的,他办起事来阴错阳差,天昏地暗,可是他只要一开腔唱歌,我们就立刻原谅了他。他使我们了解什么是"大漠之音"。和西南民族比较,西南民族是"山之音",其声仄逼直行,细致凄婉。草原之音却亮烈宏阔。欢怀处如万马齐鸣,哀婉时则是白杨悲风。

"你们是两条腿走来的,"歌手说,"所以也要学会两首蒙古歌带回去。"

奇怪的逻辑,但我们都努力地跟他学会了一首情歌。

车在草原上急驰,也算是一种马吧。布鲁博·道尔济真的唱了一首骏马的歌,新月如眉,俯视着大草原。

我把整个头都伸向车外,仰看各就各位的星光,有人警告说:"不可将头手伸出车外。"

怕什么呢?整个南戈壁千里万里的碎石滩上,就只我们一辆车。没有电线杆,没有路,没有人,这伸出来的头颅唯一会撞上的东西只是夹着草香的清风罢了。

八

他们在溪畔生了火。我们到达的时候只见他们不断地找些拳头大的溪石来烤。烤到石头开始发红,他们就在一个密封的锅子里丢了一层羊肉块加一层石头。再一层羊肉,再一层石头。然后锅子密封,放在余火上,大家微微摇动那锅,好让锅里的石头不断去烫肉,大约半小时吧,肉就熟了。

开了锅,先把石头夹出,石头先遭火烤,又被羊肉汤浸,弄得乌黑油亮,每人发一块,放在手心里,因为烫,只好在左右手之间抛来丢去,据说这是活血的,于身体大有好处。戏罢石头才开始吃肉。肉锅旁还有一桶溪水煮的粗茶,倒也消渴。大伙儿就大碗茶大块肉地吃起来。

前两天，宴客的桌上有一瓶法国白葡萄酒，当时大家都被极烈性的伏特加镇住了，C眼尖，叫我把这瓶葡萄酒留着。此刻拿来泡在溪水里，不一会就冷沁入脾了。当时靠着山壁还铺着一张大被子，大约是六英尺乘十五英尺吧！其实不是被，是蒙古包外围的围毡。大家或坐或倒，喝一口半口葡萄酒，吃刚刚宰杀刚刚烤熟的蒙古种土羊（蒙人亦认为"洋种羊"较腥膻），这种大尾羊极其纯正鲜美。溪水在峡谷间流，云则在峡谷上飘，世上也竟有这种好日子。

"这是成吉思汗餐，"当地人解释，"成吉思汗出征前都是这样吃的。"

其实用这种热石头来烫热的煮法跟台湾乡间"烤番薯"的道理相近，出征前这样吃倒是对的，行军伙食总以简便实惠为上。

此刻我们并不要出征，却也享尽美福，不禁愧然——然而生命中的好事都是在惶愧中承受的吧？我没有开天辟地，我没有凿一条溪或种一朵野花，我不曾喂一头羊酿一瓶酒，却能一一拥有，人在大化前，在人世的种种情分前也只有死皮赖脸去承恩罢了。

啊！不知道生命本身算不算一场光荣的出征？不知道和岁月且杀且走边缠边打算不算一种悲激的巷战？与时间角力，和永恒徒手肉搏，算来都注定要伤痕累累的。如果这样看，则大英雄出征前这一锅犒军的"贺尔贺德"（指带汁烤肉），我或者也有资格猛喝一口白酒而大嚼一番吧？

步下红毯之后

楔子

妹妹被放下来,扶好,站在院子里的泥地上,她的小脚肥肥白白的,站不稳。她大概才一岁吧,我已经四岁了!

妈妈把菜刀拿出来,对准妹妹两脚中间那块泥,认真而且用力地砍下去。

"做什么?"我大声问。

"小孩子不懂事!"妈妈很神秘地收好刀,"外婆说的,这样小孩子才学得会走路,你小时候我也给你砍过。"

"为什么要砍?"

"小孩生出来,脚上都有脚镣锁着,所以不会走路,砍断了才走得成路。"

"我没有看见,"我不服气地说,"脚镣在哪里?"

"脚镣是有的,外婆说的,你看不见就是了!"

"现在断了没?"

"断了,现在砍断了,妹妹就要会走路了。"

妹妹后来当然是会走路了,而且,我渐渐长大,终于也知道妹妹会走路跟砍脚镣没有什么关系,但不知为什么,那遥远的画面竟那样清楚兀立,使我感动。

也许脚镣手铐是真有的,做人总得冲,总得顿破什么,反正不是我们壮硕自己去撑破镣铐,就是让那残忍的钢圈箍入我们的皮肉。

是暮春还是初夏也记不清了,我到文星出版社的楼上去,萧先生把一份契约书给我。

"很好,"他说,他看来高大、精细、能干,"读你的东西,让我想到小时候念的冰心和泰戈尔。"

我惊讶得快要跳起来,冰心和泰戈尔,这是我熟得要命、爱得要命的呀!他怎么会知道?我简直觉得是一份知遇之恩,《地毯的那一端》就这样卖断了,扣掉税我只拿到二千多元,但也不觉得吃了亏。

我兴冲冲地去找朋友调色样,我要了紫色,那时候我新婚,家里的布置全是紫色,窗帘是紫的,床罩是紫的,窗棂上的珊瑚藤是紫的,那紫色漫溢到书页上,一段似梦的岁月。那是个漂亮的阳光昼日,我送色样到出版社去,路上碰到三毛,她也是去送色样的,她是为男友舒凡的书调色,调的是草绿色,或说是酪梨绿,我也喜欢那颜色。那天下午的三毛真是美丽,因为心中有爱情,手中有颜色。我趋前谢谢她,因为不久前她为我画了一幅婚礼上的签名绸,画些绝美的牡丹。

出书真是件兴奋的事,我们愉快地将生命中的一抹色彩交给了那即将问世的小册子。

"我们那时候一齐出书，"有一次康芸微说，"文星宣传得好大呀，放大照都挂出来了。"

那事我倒忘了，经她一提，想想好像真有那么回事，并且是摄影家柯锡杰照的。奇怪的是我虽不怎么记得照片的事，却记得自己常常下了班，巴巴地跑到出版社楼上，请他们给我看新书发售的情形。

"谁的书比较好卖？"其实书已卖断，销路如何跟我已经没有关系。

"你的跟叶珊的。"店员翻册子给我看，叶珊就是后来的杨牧。

我拿过册子仔细看，想知道到底是叶珊卖得多，还是我——我说不出那是痴还是幼稚，那时候成天都为莫名其妙的事发急发愁，年轻大概就是那样。

那年十月，"幼狮文艺"的朱桥寄了一张庆典观礼券给我，我去了。丈夫也有一张票，我们的座位不同区，相约散会的时候在体育场门口见面。

我穿了一身洋红套装，那天的阳光辉丽，天空一片艳蓝，我的位置很好，表演很精彩，而丈夫，在场中的某个位子上，我们会后会相约而归，一切正完美晶莹，饱满无憾……

但是，忽然，我的泪水夺眶而出，我想起了南京……

不是地理上的南京，是诗里的，词里的，魂梦里的，母亲的乡音里的南京（母亲不是南京人，但在南京读中学），依稀记得那些名字，玄武湖、明孝陵、鸡鸣寺、夫子庙、秦淮河……

不，不要想那些名字，那不公平，中年人都不乡愁了，你才这么年轻，乡愁不该交给你来愁，你看表演吧，你是被邀请来看表演的，看吧！很好的位子呢！不要流泪，你没看见大家都好好的吗！你为什么流泪呢？你真的还太年轻，你身上穿的仍是做新娘子的嫁服，你是幸福的，你有你小小的家，每天黄昏，拉下紫幔等那人回来，生活里有小小的气恼，小小的得意，小小的凄伤和甜蜜，日子这样不就很好了吗？

不要让三江五岳来撞击你，不要念赤县神州的名字，你受不了的，真的，日子过得很好，把泪逼回去，你不能开始，你不能开始，你不能开始，你一开始就不能收回……

我坐着，无效地告诫着自己，从金门来的火种在会场里点着了，赤膊的汉子在表演蛙人操，仪仗队的枪托冷凝如紫电，特别是看台上面的大红柱子，直辣辣地逼到眼前来，我无法遏抑地想着中山陵，那仰向苍天的阶石，中国人的哭墙，我们何时才能将发烫的额头抵上那神圣的冰凉，我们将一步一稽额地登上雾锁云埋的最高巅……

会散了，我挨蹭到门口，他在那里等我，我们一起回家。

"你怎么了？"走了好一段路，他忍不住问我。

"不，不要问我。"

"你不舒服吗？"

"没有。"

"那，"他着急起来，"是我惹了你？"

"没有，没有，都不是——你不要问我，求求你不要问我，一句话都不要跟我讲，至少今天别跟我讲……"

他诧异地望着我，惊奇中却有谅解，近午的阳光照在宽阔坦荡的敦化北路上，我们一言不发地回到那紫色小巢。

他真的没有再干扰我，我恍恍惚惚地开始整理自己，我渐渐明白有一些什么根深蒂固的东西一直潜藏在我自己也不甚知道的渊深之处，是淑女式的教育所不能掩盖的，是传统中文系的文字训诂和诗词歌赋所不能磨平的，那极蛮横极狂野极热极不可挡的什么，那种"欲饱史笔有脂髓，血作金汤骨作垒，凭将一腔热肝肠，烈作三江沸腾水"（那是我自己的句子，不算诗，因为平仄不对）的情怀……

我想起极幼小的时候就和父亲别离，那时家里有两把长刀，鲨鱼皮，古色古香，算是身无长物的父亲唯一贵重的东西，母亲带着我和更小的妹妹到台湾，父亲不走，只送我们到江边，他说：

"那把刀你带着，这把，我带着，他年能见面当然好，不然，总有一把会在。"

那样的情节，那样一句一钢钉的对话，竟然不是小说而是实情。

父亲最后翻云南边境的野人山而归，长刀丢了，唯一带回来的是劫后之身。

不是在圣人书里，不是在线装的教训里，我了解了家国之思，我了解了那份渴望上下拥抱五千年、纵横把臂八亿人的激情，它在那里，它一直在那里……

随便抓了一张纸，就在那空白的背面，用的是一枝铅笔，我开始写《十月的阳光》：

那些气球都飘走了，总有好几百个吧？在透明的蓝空里浮泛着成堆的彩色，人们全都欢呼起来，仿佛自己也分沾了那份平步青云的幸运——事情总是这样的，轻的东西总能飘得高一点，而悲哀拽住我，有重量的物体总是注定要下沉的。

体育场很灿烂，闪耀着晚秋的阳光，礼炮沉沉地响着，这是十月，一九六六年的十月，武昌的故事远了。西风里悲壮的往事远了……

中山陵上的落叶已深，我们的手臂因渴望一个扫墓的动作而酸痛。

我忽然明白，写《地毯的那一端》的时代远了，我知道我更该写的是什么，闺阁是美丽的，但我有更重的剑要佩，更长的路要走。

《十月的阳光》后来得了奖，奖金一千元，之后我又得过许多奖，许多奖金、奖座、奖牌，领奖时又总有盛会，可是只有那一次，是我真正激动的一次，朱桥告诉我，评审委员读着，竟哭了。

我不能永远披着白纱，踏着花瓣，走向红毯尽处的他，当我们携手走下红毯，迎人而来的是风是雨，是风雨声中恻恻的哀鸣。

——但无论如何，我已举步上路。

一句好话

小时候过年,大人总要我们说吉祥话,但碌碌半生,竟有一天我也要教自己的孩子说吉祥话了,才蓦然警觉这世间好话是真有的,令人思之不尽,但却不是"升官""发财""添丁"这一类的,好话是什么呢?冬夜的晚上,从爆白果的馨香里,我有一句没一句地想起来了。

"你们爱吃肥肉?还是瘦肉?"

讲故事的是个年轻的女佣人名叫阿密,那一年我八岁,听善忘的她一遍遍重复讲这个她自己觉得非常好听的故事,不免烦腻,故事是这样的:

有个人啦,欠人家钱,一直欠,欠到过年都没有还哩,因为没有钱还嘛。后来那个债主不高兴了,他不甘心,所以到了吃年夜饭的时候,就偷偷跑到欠钱的家里,躲在门口偷听,想知道他是真没有钱还是假没有钱,听到开饭了,那欠钱的说:"今年过年,我们来大吃一顿,你们小孩子爱吃肥肉?还是瘦肉?"(顺便插一句嘴,这是个老故事，那年头的肥肉瘦肉都是无上美味。）

那债主站在门外，听得清清楚楚，气得要死，心里想，你欠我钱，害我过年不方便，你们自己原来还有肥肉瘦肉拣着吃哩！他一气，就冲进屋里，要当面给他好看，等到跑到桌上一看，哪里有肉，只有一碗萝卜一碗番薯，欠钱的人站起来说："没有办法，过年嘛，萝卜就算是肥肉，番薯就算是瘦肉，小孩子嘛！"

原来他们的肥肉就是白白的萝卜，瘦肉就是红红的番薯。他们是真穷啊，债主心软了，钱也不要了，跑回家去过年了。

许多年过去了，这个故事每到吃年夜饭时总会自动回到我的耳畔，分明已是一个不合时宜的老故事，但那个穷父亲的话多么好啊，难关要过，礼仪要守，钱却没有，但只要相恤相存，菜根也自有肥腴厚味吧！

在生命宴席极寒俭的时候，在关隘极窄极难过的时候，我仍要打起精神对自己说："喂，你爱吃肥肉？还是瘦肉？"

"我喜欢跟你用同一个时间。"

他去欧洲开会，然后转美国，前后两个月才回家，我去机场接他，提醒他说："把你的表拨回来吧，现在要用台湾时间了。"

他愣了一下，说："我的表一直是台湾时间啊！我根本没有拨过去！"

"那多不方便！"

"也没什么，留着台湾的时间我才知道你和小孩在干什么，我才能想象,现在你在吃饭,现在你在睡觉,现在你起来了……我喜欢跟你用同一个时间。"

他说那句话,算来已有十年了,却像一幅挂在门额的绣锦,鲜色的底子历经岁月,却仍然认得出是强旺的火。我和他,只不过是凡世中,平凡又平凡的男子和女子,注定是没有情节可述的人,但久别乍逢的淡淡一句话里,却也有我一生惊动不已、感念不尽的恩情。

"好咖啡总是放在热杯子里的!"

经过罗马的时候,一位新识不久的朋友执意要带我们去喝咖啡。

"很好喝的,喝了一辈子难忘!"

我们跟着他东抹西拐大街小巷的走,石块拼成的街道美丽繁复,走久了,让人会忘记目的地,竟以为自己是出来踏石块的。

忽然,一阵咖啡浓香侵袭过来,不用主人指引,自然知道咖啡店到了。

咖啡放在小白瓷杯里,白瓷很厚,和中国人爱用的薄瓷相比另有一番稳重笃实的感觉。店里的人都专心品咖啡,心无旁骛。

侍者从一个特殊的保暖器里为我们拿出杯子,我捧在手里,忍不住讶道。

"咦,这杯子本身就是热的哩!"

侍者转身,微微一躬,说:"女士,好咖啡总是放在热杯子里的!"

他的表情既不兴奋,也不骄矜,甚至连广告意味的夸大也没有,只是在淡淡地说一句天经地义的事而已。

是的，好咖啡总是应该斟在热杯子里的，凉杯子会把咖啡带凉了，香气想来就会蚀掉一些，其实好茶好酒不也都如此吗？

原来连"物"也是如此自矜自重的，庄子中的好鸟择枝而栖，西洋故事里的宝剑深契石中，等待大英雄来抽拔，都是一番万物的清贵，不肯轻易亵慢了自己。古代的禅师每从喝茶喂粥去感悟众生，不知道罗马街头那端咖啡的侍者也有什么要告诉我的，我多愿自己也是一份千研万磨后的香醇，并且慎重地斟在一只洁白温暖的厚瓷杯里，带动一个美丽的清晨。

"将来我们一起老。"

其实，那天的会议倒是很正经的，仿佛是有关学校的研究和发展之类的。

有位老师，站了起来，说："我们是个新学校，老师进来的时候都一样年轻，将来要老，我们就一起老了……"

我听了，简直是急痛攻心，赶紧别过头去，免得让别人看见眼泪——从来没想到原来同事之间的萍水因缘也可以是这样的一生一世啊！学院里平日大家都忙，有的分析草药，有的解剖小狗，有的带学生做手术，有的正埋首典籍……研究范围相差既远，大家都不暇顾及别人，然而在一度一度的后山蝉鸣里，在一阵阵的上课钟声间，在满山台湾相思芬芳的韵律中，我们终将垂垂老去，一起交出我们的青春而老去。

"你长大了,要做人了!"

汪老师的家是我读大学的时候就常去的,他们没有子女,我在那里从他读"花间词",跟着他的笛子唱昆曲,并且还留下来吃温暖的羊肉涮锅……

大学毕业,我做了助教,依旧常去。有一次,为了买一本买不起的昂价的书便去找老师给我写张名片,想得到一点折扣优待。等名片写好了,我拿来一看,忍不住叫了起来:"老师,你写错了,你怎么写'兹介绍同事张晓风',应该写'学生张晓风'的呀!"

老师把名片接过来,看看我,缓缓地说:"我没有写错,你不懂,就是要这样写的,你以前是我的学生,以后私底下也是,但现在我们在一所学校里,你是助教,我是教授,阶级虽不同却都是教员,我们不是同事是什么!你不要小孩子脾气不改,你现在长大了,要做人了,我把你写成同事是给你做脸,不然老是'同学''同学'的,你哪一天才成人?要记得,你长大了,要做人了!"

那天,我拿着老师的名片去买书,得到了满意的折扣,至于省掉了多少钱我早已忘记,但不能忘记的却是名片背后的那番话。直到那一刻,我才在老师的爱纵推重里知道自己是与学者同其尊与长者同其荣的,我也许看来不"像"老师的同事,却已的确"是"老师的同事了。

竟有一句话使我一夕成长。

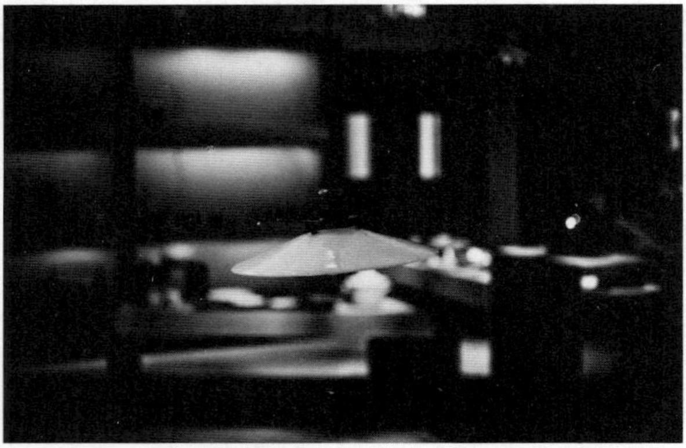

贰 · 生命丰盈

是我看蝉壳,看得风多露重,岁月忽已晚呢?还是蝉壳看我,看得花落人亡,地老天荒呢?

遇

遇者，不期而会也（《论语义疏》）

一

生命是一场大的遇合。

一个民歌手，在洲渚的丰草间遇见关关和鸣的雎鸠，于是有了诗。

黄帝遇见磁石，蒙恬初识羊毛，立刻有了对物的惊叹和对物的深情。

牛郎遇见织女，留下的是一场恻恻然的爱情，以及年年夏夜，在星空里再版又再版的永不褪色的神话。

夫子遇见泰山，李白遇见黄河，陈子昂遇见幽州台，米开朗琪罗在混沌未凿的大理石中预先遇见了少年大卫，生命的情境从此就不一样了。

就不一样了，我渴望生命里的种种遇合，某本书里有一句话，等我去读、去拍案。田间的野老,等我去了解、去惊识。山风与发,冷泉与舌,流云与眼,松涛与耳,他们等着,在神秘的时间的两端等着,等着相遇的一刹——一旦相遇,就不一样了,永远不一样了。

我因而渴望遇合,不管是怎样的情节,我一直在等待着种种发生。

人生的栈道上,我是个赶路人,却总是忍不住贪看山色。生命里既有这么多值得驻足的事,相形之下,会不会误了宿头,也就不是那样重要的事了。

二

菲律宾机场意外地热,虽然,据说七月并不是他们最热的月份。房顶又低得像要压到人的头上来,海关的手续毫无头绪,已经一个钟头过去了。

小女儿吵着要喝水,我心里焦烦得要命,明明没几个旅客,怎么就是搞不完。我牵着她四处走动,走到一个关卡,我不知道能不能贸然过去,只呆呆地站着。

忽然,有一个皮肤黝黑、身穿镂花白衬衫的男人,提着个007的皮包穿过关卡,颈上一串茉莉花环。看他的样子不像是中国人。

茉莉花是菲律宾的国花,串成儿臂粗的花环白盈盈的一大嘟噜,让人分不出来是由于花太白,白出香味来了,还是香太浓,浓得凝结成白色了。

而作为一个中国人,无论如何总霸道地觉得茉莉花是中国的,生长在一切前庭后院,插在母亲鬓边,别在外婆衣襟上,唱在儿歌里:

"好一朵美丽的茉莉花……"

我挽着小女儿的手,凝望着那花串,一时也忘了溜出来是干什么的。机场不见了,人不见了,天地间只剩那一大串花,清凉的茉莉花。

"好漂亮的花!"

我不自觉地脱口而出。用的是中文,反正四面都是菲律宾人,没有人会听懂我在喃喃些什么。

但是,那戴花环的男人忽然停住脚,回头看我,他显然是听懂了。他走到我面前,放下皮包,取下花环,说:"送给你吧!"

我愕然,他说中国话,他竟是中国人,我正惊诧不知所措的时候,花环已经套到我的颈上来了。

我来不及地道了一声谢,正惊疑间,那人已经走远了。小女儿兴奋地乱叫:"妈妈,那个人怎么那么好,他怎么会送你花的呀?"

更兴奋的当然是我,由于被一堆光璨晶射的白花围住,我忽然自觉尊贵起来,自觉华美起来。

我飞快地跑回同伴那里去,手续仍然没办好,我急着要告诉别人,愈急愈说不清楚,大家都半信半疑以为我开玩笑。

"妈妈,那个人怎么那么好,他怎么会送你花的呀?"小女儿仍然誓不甘休地问。

我不知道,只知道颈间胸前确实有一片高密度的花丛,那人究竟是感动于乍听到的久违的乡音,还是简单地想"宝剑赠英雄",把花环送给赏花人?还是在我们母女携手处看到某种曾经熟悉的眼神?我不知道,他已经匆匆走远了,我甚至不记得他的面目,只记得他温和的笑容,以及非常白非常白的白衫。

今年夏天，当我在南部小城母亲的花圃里摘弄成把的茉莉，我会想起去夏我曾偶遇到一个人，一串花，以及魂梦里那圈不凋的芳香。

三

那种树我不知道是黄槐还是铁刀木。

铁刀木的黄花平常老是簇成一团，密不通风，有点滞人，但那种树开的花却松疏有致，成串地垂挂下来，是阳光中薄金的风铃。

那棵树被圈在青苔的石墙里，石墙在青岛西路上。这件事我已经注意很久了。

我真的不能相信在车尘弥天的青岛西路上会有一棵那么古典的树，可是，它又分明在那里，它不合逻辑，但你无奈，因为它是事实。

终于有一年，七月，我决定要犯一点小小的法，我要走进那个不常设防的柴门，我要走到树下去看那交枝错柯美得逼人的花。一点没有困难，只几步之间，我已来到树下。

不可置信地，不过几步之隔，市声已不能扰我，脚下的草地有如魔毯，一旦踏上，只觉身子腾空而起，霎时间已来到群山清风间。

这一树黄花在这里进行说法究竟有多少夏天了？冥顽如我，直到此刻直撅撅地站在树下仰天，才觉万道花光如当头棒喝，夹脑而下，直打得满心满腔一片空茫。花的美，可以美到令人恢复无知，恢复无识，美到令人一无依恃，而光裸如赤子。我敬畏地望着那花，哈，好个对手，总算让我遇上了，我服了。

那一树黄花，在那里说法究竟有多少夏天了？

我把脸贴近树干，忽然，我惊得几乎跳起来，我看到蝉壳了！土色的背上一道裂痕，眼睛部分晶凸出来，那样宗教意味的蝉的遗蜕。

蝉壳不是什么稀罕东西，但它是我三十年前孩提时候最爱捡拾的宝物，乍然相逢，几乎觉得是神明意外的恩宠。它轻轻一拨，像拨动一座走得太快的钟，时间于是又回到混沌的子时，三十年的人世沧桑忽焉消失，我再度恢复为一个一无所知的小女孩，沿着清晨的露水，一路去剥下昨夜众蝉新蜕的薄壳。

蝉壳很快就盈握了，我把它放在地下，再去更高的枝头剥取。

小小的蝉壳里，怎么会容得下那长夏不歇的鸣声呢？那鸣声是渴望？是欲求？是无奈的独白？

是我看蝉壳，看得风多露重，岁月忽已晚呢？还是蝉壳看我，看得花落人亡，地老天荒呢？

我继续剥更高的蝉壳，准备带给孩子当不花钱的玩具。地上已经积了一堆，我把它背上裂痕贴近耳朵，一一于未成音处听长鸣。

而不知什么时候，有人红着眼睛从甬道走过。奇怪，这是一个什么地方？青苔厚石墙，黄花串珠的树，树下来来往往悲泣的眼睛？

我探头往高窗望去，香烟缭绕而出，一对素烛在正午看来特别黯淡的室内跃起火头。我忽然警悟，有人死了！然后，似乎忽然间我想起，这里大概就是台大医院的太平间了。

流泪的人进进出出，我呆立在一堆蝉壳旁，一阵当头笼罩的黄花下。忽然觉得分不清这三件事物，死，蝉壳以及正午阳光下亮得人目眩的半透明的黄花。真的分不清，蝉是花？花是死？死是蝉？我痴立着，不知自己遇见了什么。

我后来仍然日日经过青岛西路，石墙仍在，我每注视那棵树，总是疑真疑幻。我曾有所遇吗？我一无所遇吗？当树开花时，花在吗？当树不开花时，花不在吗？当蝉鸣时，鸣在吗？当鸣声消歇，鸣不在吗？我用手指摸索着那粗粝的石墙，一面问着自己，一面并不要求回答。

然后，我越过它走远了。

然后，我知道那种树的名字了，叫阿勃勒，是从梵文译过来的，英文是 golden shower，怎么翻呢？翻成金雨阵吧！

我有

那天下午回家，心里好不如意，坐在窗前，禁不住怜悯起自己来。

窗棂间爬着一溜紫藤，隔着青纱和我对坐着，在微凉的秋风里和我互诉哀愁。

事情总是这样的，你总得不到你所渴望的公平。你努力了，可是并不成功，因为掌握你成功的是别人，而不是你自己。我也许并不稀罕那份成功，可是，心里总不免有一块受愚的感觉。就好像小时候，你站在糖食店的门口，那里有一块抽奖的牌子。你的眼睛望着那最大最漂亮的奖品，可是你总抽不着，你袋子里的镍币空了，可是那份希望仍然高高地悬着。直到有一天，你忽然发现，事实上根本没有那份奖额，那些藏在一排排红纸后面的签全是些空白的或者是近于空白的小奖。

那串紫藤这些日子以来美得有些神奇，秋天里的花就是这样的，不但美丽，而且有那么一份凄凄艳艳的韵味。风一过的时候，醉红乱旋，把怜人的红意都荡到隔窗的小室中来了。

唉，这样美丽的下午，把一腔怨烦衬得更不协调了。可恨的还不只是那些事情的本身，更有被那些事扰乱得不再安宁的心。

翠生生的叶子簌簌作响，如同檐前的铜铃，悬着整个风季的音乐。这音乐和蓝天是协调的，和那一滴滴晶莹的红也是协调的——只是和我受愚的心不协调。

其实我们已经受愚多次了，而这么多次，竟没有能改变我们的心，我们仍然对人抱着孩子式的信任，仍然固执地期望着良善，仍然宁可被人负，而不负人，所以，我们仍然容易受伤。

我们的心敞开，为了迎一只远方的青鸟。可是扑进来的总是蝙蝠，而我们不肯关上它，我们仍然期待着青鸟。

我站起身，眼前的绿烟红雾缭绕着，使我有着微微眩晕的感觉。遮不住的晚霞破墙而来，把我罩在大教堂的彩色玻璃下，我在那光辉中立着，洒金的分量很沉重地压着我。

"这些都是你的，孩子，这一切。"

一个遥远而又清晰的声音穿过脆薄的叶子传来，很柔和，很有力，很使我震惊。

"我的？"

"是的，我给了你很久了。"

"嗯，"我说，"我不知道，真的不知道。"

"我晓得，"他说，声音里流溢着悲悯，"你太忙。"

我哭了，虽然没有责备。

等我抬起头来的时候，那声音便悄悄隐去了，只有柔和的晚风久久不肯散去。我疲倦地坐下去，疲于一个下午的怨怼。

我真是很愚蠢的——比我所想象的更愚蠢，其实我一直是这么富有的，我竟然茫无所知，我老是计较着，老是不够洒脱。

有微小的钥匙转动的声音，是他回来了。他总是想偷偷地走进来，让我有一个小小的惊喜，可是他办不到，他的步子又重又实，他就是这样的。

现在他是站在我的背后了，那熟悉的、皮夹克的气息四面袭来，把我沉在很幸福的孩童时期的梦幻里。

"不值得的，"他说，"为那些事失望是太廉价了。"

"我晓得，"我玩着一裙阳光喷射的洒金点子，"其实也没有什么。"

"人只有两种，幸福的和不幸福的。幸福的人不能因不幸的事变成不幸福，不幸福的人也不能因幸运的事变成幸福。"

他的目光俯视着，那里面重复地写着一行最美丽的字眼，我立刻再一次知道我是属于哪一类了。

"你一定不晓得的，"我怯怯地说，"我今天才发现，我有好多好多东西。"

"真的那么多吗？"

"真的，以前我总觉得那些东西是上苍赐予全人类的，但今天我知道，那是我的，我一个人的。"

"你好富有。"

"是的，很富有，我的财产好殷实。我告诉你，我真的相信，如果今天黄昏时宇宙间只有我一个人，那些晚霞仍然会排铺在天上的，那些花儿仍然会开成一片红色的银河系的。"

忽然我发现那些柔柔的须茎开始在风中探索，多么细弱的挣扎，那些卷卷的绿意随风上下，一种撼人的生命律动。从窗棂间望出去，晚霞的颜色全被这些绰绰约约的小触须给抖乱了，乱得很鲜活。

生命是一种探险，不是吗？那样柔弱的小茎能在风里成长，我又何必在意这长长的风季？

忽然，我再也想不起刚才忧愁的真正原因了。我为自己的庸俗愕然了好一会儿。

有一堆温柔的火焰从他双眼中升起，我们在渐冷的暮色里互望着。

"你还有我，不要忘记。"他的声音有如冬夜的音乐，把人圈在一团遥远的烛光里。

我有着的，这一切我一直有着的，我怎么会忽略呢？那些在秋风里犹为我绿着的紫藤，那些虽然远在天边还向我粲然的红霞，以及那些在一凝注间的爱情，我还能求些什么呢？

那些叶片在风里翻着浅绿的浪，如同一列编磬，敲出很古典的音色。我忽然听出，这是最美的一次演奏，在整个长长的秋季里。

生命，以什么单位计量

这是一家小店铺，前面做门市，后面住家。

星期天早晨，老板娘的儿子从后面冲出来，对我大叫一句："我告诉你，我的电动玩具比你多！"

我不知道他在跟谁说话，四面一看，店里只我一人，我才发现，这孩子在跟我作现代版的"石崇斗富"。

"你的电动玩具都是小的，我的，是大的！"小孩继续叫阵。

老天爷，这小孩大概太急于压垮人，于是饥不择食，居然来单挑我，要跟我比电动玩具的质跟量。我难道看起来会像一个玩电动玩具的小孩吗？我只得苦笑了。

他其实是个蛮清秀的小孩，看起来也聪明机灵，但他为什么偏偏要找人比电动玩具呢？

"我告诉你，我根本没有电动玩具！"我弯腰跟那小孩说，"一个也没有，大的也没有，小的也没有——你不用跟我比，我根本就没有电动玩具，告诉你，我一点也不喜欢电动玩具。"

小孩目瞪口呆地望着我，正在这时候，小孩的爸爸在里面叫他：

"回来,不要烦客人。"

(奇怪的是他只关心有没有哪一宗生意被这小鬼吵掉了,他完全没想到说这种话的儿子已经很有毛病了。)

我不能忘记那小孩惊奇不解的眼神。大概,这正等于你驰马行过草原有人拦路来问:"远方的客人啊,请问你家有几千骆驼?几万牛羊?"

你说:"一只也没有,我没有一只骆驼,一只牛,一只羊,我连一只羊蹄也没有!"

又如雅美人问你:"你近年有没有新船下水?下水礼中你有没有准备够多的芋头?"

你却说:"我没有船,我没有猪,我没有芋头!"

这是一个奇怪的世界。计财的方法或用骆驼或用芋头。或用田地,或用妻妾,至于黄金、钻石、房屋、车子、古董——都是可以计算的单位。

这样看来,那孩子要求以电动玩具和我比画,大概也不算极荒谬吧!

可是,我是生命,我的存在既不是"架""栋""头""辆",也不是"亩""艘""匹""克拉"等等单位所可以称量评估的啊!

我是我,不以公斤,不以公分,不以智商,不以学位,不以畅销的"册数"。我,不纳入计量单位。

错误

在中国，错误不见得是一件坏事，诗人愁予有首诗，题目就叫《错误》，末段那句"我达达的马蹄是美丽的错误"四十年来像一枝名笛，不知被多少嘴唇鸣然吹响。

《三国志》里记载周瑜雅擅音律，即使酒后也仍然可以轻易辨出乐工的错误。当时民间有首歌谣唱道："曲有误，周郎顾。"后世诗人多事，故意翻写了两句："欲使周郎顾，时时误拂弦。"真是无限机趣，描述弹琴的女孩贪看周郎的眉目，故意多弹错几个音，害他频频回首，风流俊赏的周郎哪里料到自己竟中了弹琴素手甜蜜的机关。

在中国，故事里的错误也仿佛是那弹琴女子在略施巧计，是善意而美丽的——想想如果不错它几个音，又焉能赚得你的回眸呢？错误，对中国故事而言有时几乎成为必须了。如果你看到《花田错》《风筝误》《误入桃源》这样的戏目不要觉得古怪，如果不错它一错，哪来的故事呢！

有位德国戏剧家布莱希特写过一出《高加索灰阑记》，不但取了中国故事做蓝本，学了中国京剧表演方式，到最后，连那判案的法官也十分中国化了。他故意把两起案子误判，反而救了两桩婚姻，真是彻底中式的误打误撞，而自成佳境。

身为一个中国读者或观众，虽然不免训练有素，但在说书人的梨花简嗒然一声敲响或书页已尽正准备掩卷叹息的时候，不免悠悠想起，咦？怎么又来了，怎么一切的情节，都分明从一点点小错误开始？我们先来讲《红楼梦》吧，女娲炼石补天，偏偏炼了三万六千五百零一块。本来三万六千五百是个完整的数目，非常精准正确，可以刚刚补好残天。女娲既是神明，她心里其实是雪亮的，但她存心要让一向正确的自己错它一次，要把一向精明的手段错它一点。"正确"，只应是对工作的要求，"错误"，才是她乐于留给自己的一道难题，她要看看那块多余的石头，究竟会怎么样往返人世，出入虚实，并且历经情劫。

就是这一点点的谬错，于是大荒山无稽崖青埂峰下，便有了一块顽石，而由于有了这块顽石，又牵出了日后的通灵宝玉。

整一部《红楼梦》原来恰恰只是数学上三万六千五百分之一的差误而滑移出来的轨迹，并且逐步演化出一串荒唐幽渺的情节。世上的错误往往不美丽，而美丽每每不错误，唯独运气好碰上"美丽的错误"才可以生发出歌哭交感的故事。

《水浒传》楔子里的铸错则和希腊神话"潘多拉的盒子"有些类似，都是禁不住好奇，去窥探人类不该追究的奥秘。

但相较之下，洪太尉"揭封"又比潘多拉"开盒子"复杂得多。他走到三清堂的右廊尽头，发现了一座奇神秘的建筑：门缝上交叉贴着十几道封纸，上面高悬着"伏魔之殿"四个字了，据说从唐朝以来八九代天师每一代都亲自再贴一层封皮，锁孔子还灌了铜汁。洪太尉禁不住引诱，竟打烂了锁，撕下封条，踢倒大门，撞进去掘石碣，搬走石龟，最后又扛起一丈见方的大青石板，这才看到下面原来是万丈深渊。刹那间，黑烟上腾，散成金光，激射而出。仅此一念之差，他放走了三十二座天罡星和七十二座地煞星，合共一百零八个魔王……

《水浒传》里一百零八个好汉便是这样来的。

那一番莽撞，不意冥冥中竟也暗合天道，早在天师的掐指计算中——中国故事至终总会在混乱无序里找到秩序。这一百零八个好汉毕竟曾使荒凉的年代有一腔热血，给邪曲的世道一副直心肠。中国的历史当然不该少了尧舜孔孟，但如果不是洪太尉伏魔殿那一搅和，我们就会失掉夜奔的林冲或醉打出山门的鲁智深，想来那也是怪可惜的呢！

洪太尉的胡闹恰似顽童推倒供桌，把袅袅烟雾中的时鲜瓜果散落一地，遂令天界的清供化成人间童子的零食。两相比照，我倒宁可看到洪太尉触犯天机，因为没有错误就没有故事——而没有故事的人生可怎么忍受呢？

一部《镜花缘》又是怎么样的来由？说来也是因为百花仙子犯了一点小小的行政上的错误，因此便有了众位花仙贬入凡尘的情节。犯了错，并且以长长的一生去截补，这其实也正是部分的人间故事吧！

也许由于是农业社会，我们的故事里充满了对四时以及对风霜雨露的时序的尊重。《西游记》里的那条老龙王为了跟人打赌，故意把下雨的时间延后两小时，把雨量减少三寸零八点，其结果竟是惨遭斩头。不过，龙王是男性，追究起责任来动用的是刑法，未免无情。说起来女性仙子的命运好多了，中国仙界的女权向来相当高涨，除了王母娘娘是仙界的铁娘子以外，众女仙也各司要职。像"百花仙子"，担任的便是最美丽的任务。后来因为访友棋未归，下达命令的系统弄乱了，众花的雪夜奉人间女皇帝之命提前齐开。这一番"美丽的错误"引致一种中国国仙界颇为流行惩罚方式——贬入凡尘。这种做了人的仙即所谓"谪仙"（李白就曾被人怀疑是这种身份）。好在她们的刑罚与龙王大不相同，否则如果也杀砍百花之头，一片红紫狼藉，岂不伤心！百花既入凡尘，一个个身世当然不同，她们佻达美丽，不苟流俗，各自跨步走属于她们自己那一番人世历程。

这一段美丽的错误和美丽的罚法都好得令人艳羡称奇！

从比较文学的观点看来，有人以为中国故事里往往缺少叛逆英雄。像宙斯，那样弑父自立的神明，像雅典娜，必须拿斧头开父亲脑袋自己才跳得出来的女神，在中国是不作兴有的。还算捣蛋精的哪吒太子，一旦与父亲冲突，也万不敢"叛逆"，他只能"剔骨剜肉"以还父母罢了。中国的故事总是从一件小小的错误开端，诸如多炼了一块石头，失手打了一件琉璃盏，太早揭开坛子上有法力的封口。（关公因此早产，并且终生有一张胎儿似的红脸。）不是叛逆，是可以了解的小过小犯，是失手，是大意，是一时兴起或一时失察。"叛逆"太强烈，那不是中国方式。中国故事只有"错"，而"错"这个既是"错误"之错也是"交错"之错，交错不是什么严重的事，只是两人或两事交互的作用——在人与人的盘根错节间就算是错也不怎么样。像百花

077

之仙，待历经尘劫回来，依旧是仙，仍旧冰清玉洁馥馥郁郁，仍然像掌理军机令一样准确的依时开花。就算在受刑期间，那也是一场美丽的受罚，她们是人间女儿，兰心蕙质，生当大唐盛世，个个"纵其才而横其艳"，直令千古以下，回首乍望的我忍不住意飞神驰。

年轻，有许多好处，其中最足以傲视人者莫过于"有本钱去错"，年轻人犯错，你总得担待他三分——有一次，我给学生订了作业，要他们每念几十首诗，录在录音带上缴来。有的学生念得极好，有时又念又唱，极为精彩。有的却有口无心，苏东坡的"一年好景君须记，正是橙黄橘绿时"，不知怎么回事，有好几个学生念成"一年好景须君记"，我听了，一面摇头莞尔，一面觉得也罢，苏东坡大约也不会太生气。本来的句子是"请你要记得这些好景致"，现在变成了"好景致得要你这种人来记"，这种错法反而更见朋友之间相知相重之情了。好景年年有，但是，得要有好人物记才行呀！你，就是那可以去记住天地岁华美好面的我的朋友啊！

有时候念错的诗也自有天机欲汇，也自有密码可按，只要你有一颗肯接纳的心。

在中国，那些小小的差误，那些无心的过失，都有如偏离大道以后的叉路。岔路亦自有其可观的风景，"曲径"似乎反而理直气壮的可以"通幽"。错有错着，生命和人世在其严厉的大制约和惨烈的大叛逆之外也何妨采中国式的小差错小谬误或小小的不精确。让岔路可以是另一条在路的起点，容错误是中国故事里急转直下的美丽情节。

有个叫"时间"的家伙走过

"这是什么菜?"晚餐桌上丈夫点头赞许,"这青菜好,我喜欢吃,以后多买这种菜。"

我听了,啼笑皆非,立即顶回去:

"见鬼哩,这是什么菜?这是青江菜,两个礼拜以前你还说这菜难吃,叫我以后再别买了。"

"怎么可能?"

"怎么不可能?上次买的老,这次买的嫩,其实都是它,你说爱吃的也是它,你说不爱吃的还是它。"

同样的东西,在不同时段上,差别之大,几乎会让你忘了它们原本是一个啊!

此刻委地的尘泥,曾是昨日枝头喧闹的春意,两者之间,谁才是那花呢?

今朝为蝼蚁食剩的枯骨,曾是昔时舞妒杨柳的软腰,两相参照谁方是那绝世的美人呢?

一把青江菜好吃不好吃，这里头竟然牵动起生命的大怆痛了。

你所爱的，和你所恶的，其实只是同一个对象，只不过，有一个名叫"时间"的家伙曾经走过而已。

年年岁岁岁岁年年

一

渐渐地，就有了一种执意地想要守住什么的神气，半是凶霸，半是温柔，却不肯退让，不肯商量，要把生活里细细琐琐的东西一一护好。

二

一向以为自己爱的是空间，是山河，是巷陌，是天涯，是灯光晕染出来的一方暖意，是小小陶钵里的"有容"。

然后才发现自己也爱时间，爱与世间人"天涯共此时"。在汉唐相逢的人已成就其汉唐，在晚明相逢的人也谱罢其晚明。而今日，我只能与当世之人在时间的长川里停舟暂相问，只能在时间的流水席上与当代人传杯共盏。否则，两舟一错桨处，觥筹一交递时，年华岁月已成空无。

天地悠悠，我却只有一生，只握一个筹码，手起处，转骰已报出点数，属于我的博戏已告结束。盘古一辨清浊，便是三万六千载，李白《蜀道难》难忘的年光，忽忽竟有四万八千岁，而天文学家动辄抬出亿万年，我小小的想象力无法追想那样地老天荒的亘古，我所能揣摩所能爱悦的无非是属于常人的百年快板。

三

神仙故事里的樵夫偶一驻足观棋，已经柯烂斧锈，沧桑几度。

如果有一天，我因好奇而在山林深处看棋，仁慈的神仙，请尽快告诉我真相。我不要偷来的仙家日月，我不要在一袖手之际误却人间的生老病死，错过半生的悲喜怨怒。人间的紧锣密鼓中，我虽然只有小小的戏份，但我是不肯错过的啊！

四

书上说，有一颗星，叫岁星，十二年循环一次。"岁星"使人有强烈的时间观念，所以一年叫"一岁"。这种说法，据说发生在远古的夏朝。

"年"是周朝人用的，甲骨文上的年字写成年，代表人扛着禾捆，看来简直是一幅温暖的"冬藏图"。

有些字，看久了会令人渴望到心口发疼发紧的程度。当年，想必有一快乐的农人在北风里背着满肩禾捆回家，那景象深深感动了造字人，竟不知不觉用这幅画来做三百六十五天的重点勾勒。

五

有一次，和一位老太太用闽南语搭讪："阿婆，你在这里住多久了？"

"嗯——有十几冬啰！"

听到有人用冬来代年，不觉一惊，立刻仿佛有什么东西又隐隐痛了起来。原来一句话里竟有那么丰富饱胀的东西。记得她说"冬"的时候，表情里有沧桑也有感恩，而且那样自然地把春耕夏耘秋收冬藏的农业情感都灌注在里面了。她和土地、时序之间那种血脉相连的真切，使我不知哪里有一个伤口轻痛起来。

六

朋友要带她新婚的妻子从香港到台湾来过年，长途电话里我大概有点惊奇，他立刻解释说："因为她想去台北放鞭炮，在香港不准。"

放下电话，我又想笑又端肃，第一次觉得放炮是件了不起的大事，于是把儿子叫来说："去买一串不长不短的炮——有位阿姨要从香港到台湾来放炮。"

岁除之夜，满城爆裂小小的、微红的、有声的春花，其中一串自我们手中绽放。

七

我买了一座小小的山屋，只三十三平方米大。屋与大屯山相望，我喜欢大屯山，"大屯"是卦名，那山也真的跟卦象一样神秘幽邃，爻爻都在演化，它应该足以胜任"市山"的。走在处处地热的大屯山系里，每一步都仿佛踩在北方人烧好的土炕上，温暖而又安详。

下决心付小屋的订金，说来是因屋外田埂上的牛以及牛背上的黄头鹭。这理由，自己听来也觉像撒谎，直到有一天听楚戈说某书法家买房子是因为看到烟岚，才觉得气壮一点。

我已经辛苦了一年，我要到山里去过几个冬夜，那里有豪奢的安静和孤绝。我要生一盆火，烤几枚干果，燃一屋松脂的清香。

八

你问我今年过年要做什么，你问得太奢侈啊！这世间原没有什么东西是我绝对可以拥有的，不过随缘罢了。如果蒙天之惠，我只要许一个小小的愿望，我要在有生之年，年年去买一钵素水仙，养在小小的白石之间。

中国水仙和自盼自顾的希腊孤芳不同，它是温驯的，偎人的，开在中国人一片红灿的年景里。

九

除了水仙，我还有一件俗之又俗的心愿，我喜欢遵循着老家的旧俗，在年初一的早晨吃一顿素饺子。

素饺子的馅以荠菜为主，我爱荠菜的"野蔬"身份，爱小时候提篮去挑野菜的情趣，爱以素食为一年第一顿餐点的小小善心，爱民谚里"三月三，荠菜花，赛牡丹"的憨狂口气。

荠菜花花瓣小如米粒，粉白，不仔细看根本不容易发现，到了老百姓嘴里居然一口咬定荠菜花赛过牡丹。中国民间向来总有用不完的充沛自信，李凤姐必然艳过后宫佳丽，一碟名叫"红嘴绿鹦哥"的炒菠菜会是皇帝思之不舍的美味。郊原上的荠菜花绝胜宫中肥硕痴笨的各种牡丹。

吃荠菜饺子，淡淡的香气之余，总有颊齿以外嚼之不尽的清馨。

十

如果一个人爱上时间，他是在恋爱了。恋人会永不厌烦地渴望共花之晨，共月之夕，共其年年岁岁，岁岁年年。

如果你爱上的是一个民族，一块土地，也趁着岁月未晚，来与之共其朝朝暮暮吧！

所谓百年，不过是一千二百番的盈月、三万六千五百回的破晓以及八次的岁星周期罢了。

所谓百年，竟是禁不起蹉跎和迟疑的啊，且来共此山河守此岁月吧！大年夜的孩子，只守一夕华丽的光阴，而我们所守的却是短如一生又复长如一生的年年岁岁岁岁年年啊！

描容

一

有一次,和朋友约好了搭早晨七点的车去太鲁阁公园管理处,不料闹钟失灵,醒来时已经七点了。

我跳起来,改去搭飞机,及时赶到。管理处派人来接,但来人并不认识我,于是先到的朋友便七嘴八舌地把我形容一番:

"她信基督教。"

"她是写散文的。"

"她看起来好像不紧张,其实,才紧张呢!"

形容完了,几个朋友自己也相顾失笑,这么一堆抽象的说辞,叫那年轻人如何在人堆里把要接的人辨认出来?

事后,他们说给我听,我也笑了,一面佯怒,说:

"哼,朋友一场,你们竟连我是什么样子也说不出来,太可恶了。"

转念一想,却也有几分惆怅——其实,不怪他们,叫我自己来形容我自己,我也一样不知从何说起。

二

有一年，带着稚龄的小儿小女全家去日本，天气正由盛夏转秋，人到富士山腰，租了匹漂亮的栗色大马去行山径。低枝拂额，山鸟上下，"随身听"里播着新买来的"三弦"古乐。抿一口山村自酿的葡萄酒，淡淡的红，淡淡的芬芳……蹄声嘚嘚，旅途比预期的还要完美……

然而，我在一座山寺前停了下来，那里贴着一张大大的告示，由不得人不看。告示上有一幅男子的照片，奇怪的是那日文告示，我竟大致看明白了。它的内容是说，两个月前有个六十岁的男子登山失踪了，他身上靠腹部地方因为动过手术，有条十五厘米长的疤口，如果有人发现这位男子，请通知警方。

叫人用腹部的疤来辨认失踪的人，当然是假定他已是尸体了。否则凭名字相认不就可以了吗？

寺前痴立，我忽觉大恸，这座外形安详的富士山于我是闲来的行脚处，于这男子却是残酷的埋骨之地啊！时乎，命乎，叫人怎么说呢？

而真正令我悲伤的是，人生至此，在特征栏里竟只剩下那么简单赤裸的几个字："腹上有十五厘米长的疤痕"！原来人一旦撒手了，所有人间的形容词都顿然失败，所有的学历、经验、头衔、土地、股票持份或功勋伟绩全部不相干了，真正属于此身的特点竟可能只是一记疤痕或半枚蛀牙。

山上的阳光淡寂，火山地带特有的黑土踏上去松软柔和，而我意识到山的险峻。每一转折都自成祸福，每一岔路皆隐含杀机。如我一旦失足，则寻人告示上对我的形容词便没有一句会和我平生努力以博得的成就有关了。

我站在寺前，站在我从不认识的山难者的寻人告示前，黯然落泪。

三

所有的"我"，其实不都是一个名词吗？可是我们是复杂而又啰苏的人类，我们发明了形容词——只是我们在形容自己的时候却又忽然辞穷。一个完完整整的人，岂是能用三言两语胡乱描绘的？

对我而言，做小人物并没什么不甘，却有一项悲哀，就是要不断地填表格，不断把自己纳入一张奇怪的方方正正的小纸片。你必须不厌其烦地告诉人家你是哪年生的，生在哪里，生日是哪一天（奇怪，我为什么要告诉他我的生日呢？他又不送我生日礼物），家在哪里，学历是什么，身份证号码几号，护照号码几号，几月几日签发的，公保证号码几号。好在我颇有先见之明，从第一天起就把身份证和护照号码等一概背得烂熟，以便有人要我填表时可以不经思索熟极而流。

然而，我一面填表，一面不免想"我"在哪里啊？我怎会在那张小小的表格里呢？我填的全是些不相干的资料啊！资料加起来的总和并不是我啊！

尤其离奇的是那些大张的表格，它居然要求你写自己的特长，写自己的语文能力，自己的缺点……奇怪，这种表格有什么用呢？你把它发给梁实秋，搞不好，他谦虚起来，硬是只肯承认自己"粗通"英文，你又如何？你把它发给甲级流氓，难道他就承认自己的缺点是"爱杀人"吗？

我填这些形容自己的资料也总觉不放心。记得有一次填完"缺点"以后，我干脆又慎重地加上一段："我填的这些缺点其实只是我自己知道的缺点，但既然是知道的缺点，其实就不算是严重的缺点。我真正的缺点一定是我不知道或不肯承认的。所以，严格地说，我其实并没有能力写出我的缺点来。"

对我来说，最美丽的理想社会大概就是不必填表的社会吧！那样的社会，你一个人在街上走，对面来了一位路人，他拦住你，说："咦？你不是王家老三吗？你前天才过完三十九生日，是吧？我当然记得你生日，那是元宵节前一天嘛！你爸爸还好吗？他小时顽皮，跌过一次腿，后来接好了，现在阴天犯不犯痛？不疼？啊，那就好。你妹妹嫁得好吧？她那丈夫从小就不爱说话，你妹妹叽叽呱呱的，配他也是老天爷安排好的。她耳朵上那个耳洞没什么吧？她生出来才一个月，有一天哭个不停，你嫌烦，找了根针就去给她扎耳洞，大人发现了，吓死了，要打你，你说因为听说女人扎了耳洞挂了耳环就可以出嫁了，她哭得人烦，你想把她快快扎了耳洞嫁掉算了！你说我怎么知道这些事，怎么不知道？这村子上谁家的事我不知道啊？……"

那样的社会，人人都知道别家墙角有几株海棠，人人都熟悉对方院子里有几只母鸡，表格里的那一堆资料要它何用？

其实小人物填表固然可悲，大人物恐怕也不免此悲吧？一个刘彻，他的一生写上十部奇情小说也绰绰有余。但人一死，依照谥法，也只落一个汉武帝的"武"字，听起来，像是这人只会打仗似的。谥法用字历代虽不太同，但都是好字眼，像那个会说出"何不食肉糜？"的皇帝，死后也混到个"惠帝"的谥号。反正只要做了皇帝，便非"仁"即"圣"，非"文"即"武"，非"睿"即"神"……做皇帝做到这样，又有什么意思呢？长长的一生，死后只剩下一个字，冥冥中仿佛有一排小小的资料夹，把汉武帝跟梁武帝放在一个夹子里，把唐高宗和清高宗做成编类相同的资料卡。

悲伤啊，所有的"我"本来都是"我"，而别人却急着把你编号归类——就算是皇帝，也无非放进镂金刻玉的资料夹里去归类吧！

相较之下，那惹人訾议的武则天女皇就佻达多了，她临死之时嘱人留下"无字碑"。以她当时身为母后的身份而言，还会没有当朝文人来谀墓吗？但她放弃了。年轻时，她用过一个名字来形容自己，那是"曌"（读作"照"），是太阳、月亮和晴空。但年老时，她不再需要任何名词，更不需要形容词。她只要简简单单地死去，像秋来喑哑萎落的一只夏蝉，不需要半句赘词来送终，她赢了，因为不在乎。

四

而茫茫大荒，漠漠今古，众生平凡的面目里，谁是我，我又复谁呢？我们却是在乎的。

明传奇《牡丹亭》时有个杜丽娘,在她自知不久于人世之际,一意挣扎而起,对着镜子把自己描绘下来,这才安心去死。死不足惧,只要能留下一副真容,也就扳回一点胜利。故事演到后面,她复活了,从画里也从坟墓里走了出来,作者似乎相信,真切地自我描容,是令逝者能永存的唯一手法。

米开朗基罗走了,但我们从圣母垂眉的悲悯中重见五百年前大师的哀伤。而整套完整的儒家思想,若不是以仲尼在大川上的那一声"逝者如斯夫!不舍昼夜"的长叹作底调,就显得太平板僵直,如道德教条了。一声轻轻的叹息,使我们惊识圣者的华颜。那企图把人间万事都说得头头是道的仲尼,一旦面对巨大而模糊的"时间"对手,也有他不知所措的悸动!那声叹息于我有如两千五百年前的录音带,至今音纹清晰,声声入耳。

艺术和文学,从某一个角度看,也正是一个人对自己的描容吧,而描容者是既喜悦又悲伤的,他像一个孩子,有点"人来疯",他急着说:

"你看,你看,这就是我,万古宇宙,就只有这么一个我啊!"

然而诗人常是寂寞的——因为人世太忙,谁会停下来听你说"我"呢?

马来西亚有个古旧的小城马六甲,我在那城里转来转去,为五百年来中国人走过的脚步惊喜叹服。正午的时候,我来到一座小庙。

然而我不见神明。

"这里供奉什么神?"

"你自己看。"带我去的人笑而不答。

小巧明亮的正堂里,四面都是明镜,我瞻顾,却只见我自己。

"这庙不设神明——你想来找神,你只能找到自身。"

只有一个自身,只有一个一空依傍的自我,没有莲花座,没有祥云,只有一双踏遍红尘的鞋子,载着一个长途役役的旅人走来,继续向大地叩问人间的路径。

好的文学艺术也恰如这古城小庙吧?香客在环顾时,赫然于镜鉴中发现自己,见到自己的青青眉峰,盈盈水眸,见到如周天运行生生不已的小宇宙——那个"我"。

某甲在画肆中购得一幅大大的弥天盖地的"泼墨山水",某乙则买到一张小小的意态自足的"梅竹双清",问者问某甲说:"你买了一幅山水吗?"某甲说:"不是,我买的是我胸中的丘壑。"问者转问某乙:"你买了一幅梅竹吗?"某乙回答说:"不然,我买的是我胸中的逸气。"描容者可以描摹自我的眉目,肯买货的人却只因看见自家的容颜。

初心

"初,裁衣之始也。"文字学的书上如此解释。

人生一世,亦如一匹辛苦织成的布,一刀下去,一切就都裁就了。

初哉首基肇祖元胎……

因为书是新的,我翻开来的时候也就特别慎重。书本上的第一页第一行是这样的:"初、哉、首、基、肇、祖、元、胎……始也。"

那一年,我十七岁,望着《尔雅》这部书的第一句话而愕然,这书真奇怪啊!把"初"和一堆"初的同义词"并列卷首,仿佛立意要用这一长串"起始"之类的字来作整本书的起始。

也是整个中国文化的起始和基调吧?我有点敬畏起来了。

想起另一部书,《圣经》,也是这样开头的:

"起初,上帝创造天地。"

真是简明又壮阔的大笔,无一语修饰形容,却是元气淋漓,如洪钟之声,震耳贯心,令人读着读着竟有坐不住的感觉,所谓壮志陡生，有天下之志，就是这种心情吧！寥寥数字，天工已竟，令人想见日之初升，海之初浪，高山始突，峡谷乍降及大地寂然等待小草涌腾出土的刹那！

而那一年，我十七，刚入中文系，刚买了这本古代第一部字典《尔雅》，立刻就被第一页第一行迷住了，我有点喜欢起文字学来了，真好，中国人最初的一本字典（想来也是世人的第一本字典），它的第一个字就是"初"。

"初，裁衣之始也。"文字学的书上如此解释。

我又大为惊动，我当时已略有训练，知道每一个中国文字背后都有一幅图画，但这"初"字背后不止一幅画，而是长长的一幅卷轴。想来当年造字之人初造"初"字的时候，也是煞费苦心之余的神来之笔。"初"这件事无形可绘，无状可求，如何才能追踪描摹？

他想起了某个女子动作，也许是母亲，也许是妻子，那样慎重地先从纺织机上把布取下来，整整齐齐的一匹布，她手握剪刀，当窗而立，她屏息凝神，考虑从哪里下刀，阳光把她微微毛乱的鬓发渲染成一轮光圈。她用神秘而多变的眼光打量着那整匹布，仿佛在主持一项典礼，其实她努力要决定的只不过是究竟该先做一件孩子的小衫好呢，还是先裁自己的一幅裙子？一匹布，一如渐渐沉黑的黄昏，有一整夜的美可以预期——当然，也有可能是噩梦，但因为有可能成为噩梦，美梦就更值得去渴望——而在她思来想去的当际，窗外陆陆续续流溢而过的是初春的阳光，是一批一批的风，是雏鸟拿捏不稳的初鸣，是天空上一匹复一匹不知从哪一架纺织机里卷出的浮云……

那女子终于下定决心,一刀剪下去,脸上有一种近乎悲壮的决然。"初"字,就是这样来的。

人生一世,亦如一匹辛苦织成的布,一刀下去,一切就都裁就了。

整个宇宙的成灭,也可视为一次女子的裁衣啊!我爱上"初"这个字,并且提醒自己每个清晨都该恢复为一个"初人",每一刻,都要维护住那一片初心。

初发芙蓉

《颜延之传》里这样说:

"颜延之问鲍照,己与谢灵运优劣,照曰:'谢五言诗如初发芙蓉,自然可爱,君诗如铺锦列绣,雕缋满眼。'"

六朝人说的芙蓉便是荷花,鲍照用"初发芙蓉"比谢灵运,实在令人羡慕,其实"像荷花"不足为奇,能像"初发水芙蓉"才令人神思飞驰。灵运一生独此四字,也就够了。

后来的文学批评也爱沿用这字归,周济(介存斋)《论词杂著》论晚唐韦庄的词便说:"端己词清艳绝伦,初日芙蓉春日柳,使人想见风度。"

中国人没有什么"诗之批评"或"词之批评",只有"诗话""词话",而词话好到如此,其本身已凝聚饱实,全华丽如一则小令。

095

清露晨流新桐初引

《世说新语》里有一则故事，说到王恭和王忱原是好友，以后却因政治上的芥蒂而分手。只是每次遇见良辰美景，王恭总会想到王忱。面对山石流泉，王忱便恢复为王忱，是一个精彩的人，是一个可以共享无限清机的老友。

有一次，春日绝早，王恭独自漫步到幽极胜极之外，书上记载说："于时清露晨流，新桐初引。"

那被人爱悦，被人誉为"濯濯如春月柳"的王恭忽然怅怅然冒出一句："王大故自濯濯。"语气里半是生气半是爱惜，翻成白话就是："唉，王大那家伙真没话说——实在是出众！"

不知道为什么，作者在描写这段微妙的人际关系时，把周围环境也一起写进去了。而使我读来怦然心动的也正是那段"于时清露晨流，新桐初引"的附带描述。也许不是什么惊心动魄的大景观，只是一个序幕初启的清晨，只是清晨初初映着阳光闪烁的露水，只是露水妆点下的桐树初初抽了芽，遂使得人也变得纯洁灵明起来，甚至强烈地怀想那个有过嫌隙的朋友。

李清照大约也被这光景迷住了，所以她的《念奴娇》里竟把"清露晨流，新桐初引"的句子全搬过去了。一颗露珠，从六朝闪到北宋，一叶新桐，在安静的扉页里晶薄透亮。

我愿我的朋友也在生命中最美好的片刻想起我来，在一切天清地廓之时，在叶嫩花初之际，在霜之始凝，夜之始静，果之初熟，茶之方馨。在船之启碇，鸟之回翼，在婴儿第一次微笑的刹那，想及我。

如果想及我的那人不是朋友，而是敌人（如果我有敌人的话），那也好——不，也许更好，嫌隙虽深，对方却仍会想及我，必然因为我极为精彩的缘故。当然，也因为一片初生的桐叶是那么好，好得足以让人有气度去欣赏仇敌。

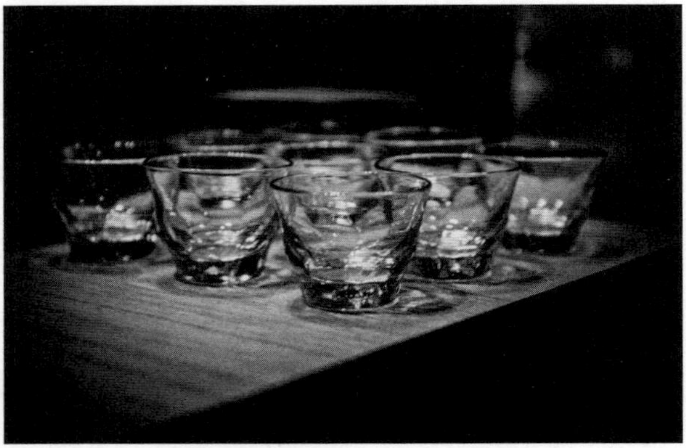

叁·万物有灵

树在。山在。大地在。岁月在。我在。你还要怎样更好的世界?

不知有花

那时候，是五月，桐花在一夜之间攻占了所有的山头。历史或许是由一个一个的英雄豪杰叠成的，但岁月对我而言，是花和花的禅让所缔造的。

桐花极白，极矜持，花心却又泄露些许微红。我和我的朋友都认定这花有点诡秘——平日守口如瓶，一旦花开，则所向披靡，灿如一片低飞的云。

车子停在一个客家小山村，走过紫苏茂盛的小径，我们站在高大的桐树下。山路上落满白花，每一块石头都因花罩而极尽温柔，仿佛战马一旦披上了绣帔，也可以供女人骑乘。

而阳光那么好，像一种叫"桂花蜜酿"的酒。人走到林子深处，不免叹息气短，对着这惊心动魄的手笔感到无能为力——强大的美有时令人虚脱。

忽然有个妇人行来，赭红的皮肤特别像那一带泥土的色调。

"你们来找人？"

"我们——来看花。"

"花？"妇人匆匆往前赶路，一面丢下一句，"哪有花？"

由于她并不求答案，我们也噤然不知如何接腔，只是相顾愕然：面对如此满山满林扑面迎鼻的桐花，她居然问我们"哪有花——"。

但风过处花落如雨，似乎也并不反对她的说法。忽然，我懂了：这是她的家，这前山后山的桐树是他们的农作物，是大型的庄稼。而农人对它们，一向是视而不见的。在他们看来，玫瑰是花，剑兰是花，菊是花，至于稻花、桐花，那是不算花的。

使我们为之绝倒发痴的花，她竟可以担着水夷然走过千遍，并且说："花？哪有花？"

我想起少年时游狮头山，站在庵前看晚霞落日，只觉如万艳争流竞渡，一片西天华美到几乎让人受伤的地步，忍不住转身对行过的老尼说："快看那落日！"

她安静垂眉道："天天都是这样的！"

事隔二十年，这山村女子的口气同那老尼竟如此相似，我不禁暗暗嫉妒起来。

不为花而目醉神迷、惊愕叹息的，才是花的主人吧？对那大声地问我"花？哪有花"的山村妇人而言，花是树的一部分，树是山林的一部分，山林是生活的一部分，而生活是浑然大化的一部分。她与花可以像山与云，相亲相融而不相知。

年年桐花开的时候，我总想起那妇人，那位步过花潮花汐而不知有花的妇人，并且暗暗嫉妒着。

行道树

　　每天，每天，我都看见它们，它们是已经生了根的——在一片不适于生根的土地上。

　　有一天，一个炎热而忧郁的下午，我沿着人行道走着，在穿梭的人群中，听自己寂寞的足音，我又看到它们，忽然，我发现，在树的世界里，也有那样完整的语言。

　　我安静地站住，试着去理解它们所说的一则故事：

　　我们是一列树，立在城市的飞尘里。

　　许多朋友都说我们是不该站在这里的，其实这一点，我们知道得比谁都清楚。我们的家在山上，在不见天日的原始森林里。而我们居然站在这儿，站在这双线道的马路边，这无疑是一种堕落。我们的同伴都在吸露，都在玩凉凉的云。而我们呢？我们唯一的装饰，正如你所见的，是一身抖不落的煤烟。

　　是的，我们的命运被安排定了，在这个充满车辆与烟囱的工业城里，我们的存在只是一种悲凉的点缀。但你们尽可以节省下你们的同情心，因为，这种命运事实上也是我们自己选择的——否则我们不会在春天勤生绿叶，不必在夏日献出浓荫。神圣的事业总是痛苦的，但是，也唯有这种痛苦能把深度给予我们。

当夜来的时候，整个城市都是繁弦急管，都是红灯绿酒。而我们在寂静里，在黑暗里，我们在不被了解的孤独里。但我们苦熬着把牙龈咬得酸疼，直等到朝霞的旗冉冉升起，我们就站成一列致敬——无论如何，我们这城市总得有一些人迎接太阳！如果别人都不迎接，我们就负责把光明迎来。

这时，或许有一个早起的孩子走了过来，贪婪地呼吸着鲜洁的空气，这就是我们最自豪的时刻了。是的，或许所有的人都早已习惯于污浊了，但我们仍然固执地制造着不被珍视的清新。

落雨的时分也许是我们最快乐的，雨水为我们带来故人的消息，在想象中又将我们带回那无忧的故林。我们就在雨里哭泣着，我们一直深爱着那里的生活——虽然我们放弃了它。

立在城市的飞尘里，我们是一列忧愁而又快乐的树。

故事说完了，四下寂然，一则既没有情节也没有穿插的故事，可是，我听到了它们深深的叹息。我知道，那故事至少感动了它们自己。然后，我又听到另一声更深的叹息——我知道，那是我自己的。

常常，我想起那座山

一方纸镇

常常，我想起那座山。

它沉沉稳稳地驻在那块土地上，像一方纸镇，美丽凝重，并且深情地压住这张纸，使我们可以在这张纸上写属于我们的历史。

有时是在市声沸天、市尘弥地的台北市街头，有时是在拥挤而又落寞的公共汽车站，有时是在异乡旅舍中凭窗而望，有时是在扼腕奋臂、抚胸欲狂的大痛之际，我总会想起那座山。

或者在眼中，或者在胸中，是华人，就从心里想要一座山。

孔子需要一座泰山，让他发现天下之小。

李白需要一座敬亭山，让他在云飞鸟尽之际有"相看两不厌"的对象。

辛稼轩需要一座妩媚的青山，让他感到自己跟山相像的"情与貌"。

是华夏子孙，就有权利向上帝要一座山。

我要的那一座山叫拉拉山。

山跟山都拉起手来了

"拉拉是泰雅尔话吗？"我问胡，那个泰雅尔司机。
"是的。"
"拉拉是什么意思？"
"我也不知道，"他抓了一阵头，忽然又高兴地说，"哦，大概是因为这里也是山，那里也是山，山跟山都拉起手来了，所以就叫拉拉山啦！"

他怎么会想起来用普通话的字来解释泰雅尔的发音的？但我不得不喜欢这种诗人式的解释，一点也不假，他话刚说完，我抬头一望，只见活鲜鲜的青色一刷刷地刷到人眼里来，山头跟山头正手拉着手，围成一个美丽的圈子。

风景是有性格的

十一月，天气一径地晴着，薄凉，但一径地晴着，天气太好的时候我总是不安，看好风好日这样日复一日地好下去，我说不上来地焦急。

我决心要到山里去一趟，一个人。

说得更清楚些，一个人，一个成年的女人，活得很兴头的一个女人，既不逃避什么，也不为了出来"散心"——恐怕反而是出来"收

105

心",收她散在四方的心。

一个人,带一块面包,几只黄橙,去朝山谒水。

有的风景的存在几乎是专为了吓人,如大峡谷,它让你猝然发觉自己渺如微尘的身世。

有些风景又令人惆怅,如小桥流水(也许还加上一株垂柳,以及模糊的鸡犬声),它让你发觉,本来该走得进去的世界,却不知为什么竟走不进去。

有些风景极安全,它不猛触你,它不骚扰你,像罗马街头的喷泉,它只是风景,它只供你拍照。

但我要的是一处让我怦然惊动的风景,像宝玉初见黛玉,不见眉眼,不见肌肤,只神情恍惚地说:

这个妹妹,我曾见过的。

他又解释道:

虽没见过,却看着面善,心里倒像是远别重逢的一般。

我要的是一个似曾相识的山水——不管是在王维的诗里初识的,在柳宗元的《永州八记》里遇到过的,在石涛的水墨里咀嚼而成了瘾的,或在魂里梦里点点滴滴一石一木蕴积而有了情的。

我要的一种风景是我可以看它也可以被它看的那种。我要一片"此山即我,我即此山,此水如我,我如此水"的熟悉世界。

有没有一种山水是可以与我辗转互相注释的？有没有一种山水是可以与我互相印证的？

包装纸

像歌剧的序曲，车行一路都是山，小规模的，你感到一段隐约的主旋律就要出现了。

忽然，摩托车经过，有人在后座载满了野芋叶子，一张密叠着一张，横的叠了五尺，高的约四尺，远看是巍巍然一块大绿玉。想起余光中的诗——

那就折一张阔些的荷叶，
包一片月光回去，
回去夹在唐诗里。
扁扁的，像压过的相思。

台湾荷叶不多，但满山都是阔大的野芋叶，心形，绿得叫人喘不过气来，真是一种奇怪的叶子。曾经，我们的市场上芭蕉叶可以包一方豆腐，野芋叶可以包一片猪肉——那种包装纸真豪华。

一路上居然陆续看见许多载运野芋叶子的摩托车，明天市场上会出现多少美丽的包装纸啊！

肃然

山色愈来愈矜持,秋色愈来愈透明,我开始正襟危坐,如果米颠为一块石头而免冠下拜,那么,我该如何面对叠石万千的山呢?

车子往上升,太阳往下掉,金碧的夕晖在大片山坡上徘徊顾却,不知该留下来依属山,还是追上去殉落日。

和黄昏一起,我到了这里。

它在那绿着

小径的尽头,在芒草的缺口处,可以俯瞰大汉溪。

溪极绿。

暮色渐渐深了,奇怪的是溪水的绿色顽强地裂开暮色,坚持维护着自己的色调。

天全黑了,我惊讶地发现那道绿,仍旧虎虎有力地在流,在黑暗里我闭了眼都能看得见。或见或不见,我知道它在那里绿着。

赏梅,于梅花未着时

庭中有梅,大约一百株。

"花期还有三四十天。"山庄里的人这样告诉我,虽然已是已凉未寒的天气。

梅叶已凋尽,梅花尚未剪裁,我只能伫立细赏梅树清奇磊落的骨骼。

梅骨是极深的土褐色，和岩石同色。更像岩石的是，梅骨上也布满苍苔的斑点，它甚至有岩石的粗糙风霜、岩石的裂痕、岩石的苍老嶙峋。梅的枝枝柯柯交抱成一把，竟是抽成线状的岩石。

不可想象的是，这样寂然不动的岩石里，怎能迸出花来呢？

为何那枯瘠的皱枝中竟锁有那样多荧光四射的花瓣？以及那么多日后绿得透明的小叶子，它们此刻都在哪里？为什么独有怀孕的花树如此清癯苍古？那万千花胎怎会藏得如此秘密？

我几乎想剖开枝子掘开地，看看那来日要在月下浮动的暗香在哪里，看看来日可以欺霜傲雪的洁白在哪里。它们必然正在斋戒沐浴，等候神圣的召唤，在某一个北风凄紧的夜里，它们会忽然一起白给天下看。

隔着千里，王维能回首看见故乡绮窗下记忆中的那株寒梅。隔着三四十天的花期，我在枯皱的树臂中预见想象中的璀璨。

于无声处听惊雷，于无色处见繁花，原来并不是不可以的！

神秘经验

深夜醒来我独自走到庭中。

四下是彻底的黑，衬得满天星子水清清的。

好久没有领略黑色的美了。想起托尔斯泰笔下的安娜·卡列尼娜，在舞会里，别的女孩以为她要穿紫罗兰色的衣服，但她竟穿了一件墨黑的，项间一圈晶莹剔亮的钻石，风华绝代。

文明把黑夜弄脏了，黑色是一种极娇贵的颜色，比白色更沾不得异物。

黑夜里，繁星下，大树兀然矗立，看起来比白天更高大。

日据时代留下的那所老屋，一片瓦叠一片瓦，说不尽的沧桑。

忽然，我感到自己被桂香包围了。

一定有一棵桂树，我看不见，可是，当然，它是在那里的。桂树是一种在白天都不容易看见的树，何况在黑如松烟的夜里。如果一定要找，用鼻子应该找得到。但，何必呢？找到桂树并不重要，能站在桂花浓馥古典的香味里，听那气息在噫吐什么，才是重要的。

我在庭园里绕了几圈，又毫无错误地回到桂花的疆界里，直到我的整个肺纳甜馥起来。

有如一个信徒和神明之间的神秘经验，那夜的桂花对我而言，也是一场神秘经验。有一种花，你没有看见，却笃信它存在；有一种声音，你没有听见，却自知你了解。

当我去即山

我去即山，搭第一班早车。车只到巴陵（好个令人心惊的地名），要去拉拉山——神木的居所，还要走四个小时。

《古兰经》里说："山不来即穆罕默德——穆罕默德就去即山。"

可是，当我前去即山，当班车像一只无桨无楫的舟一路荡过绿波碧涛，我一方面感到作为一个人或一头动物的喜悦，可以去攀缘绝峰，可以去横渡大漠，可以去莺飞草长或穷山恶水的任何地方；

但一方面也惊骇地发现，山，也来即我了。

我去即山，越过的是空间，平的空间，以及直的空间。

但山来即我，越过的是时间，从太初，它缓慢地走来，一场十万年或百万年的约会。

当我去即山，山早已来即我，我们终于相遇。

张爱玲谈到爱情，这样说：

于千万人之中遇见你所要遇见的人，于千万年之中，时间的无涯的荒野里，没有早一步，也没有晚一步，刚巧赶上了，那也没有别的话可说，唯有轻轻地问一声："噢，你也在这里吗？"

人类和山的恋爱也是如此，相遇在无限的时间，交会于无限的空间，一个小小的恋情缔结在那交叉点上，又如一个小小鸟巢，偶筑在纵横交错的枝柯间。

地名

地名、人名、书名，和一切文人雅居虽铭刻于金石，事实上却根本不存在的楼斋亭阁都令我愕然久之。（那些图章上的地名，既不能说它是真的，也不能说它是假的，只能说，它构思在方寸之间的心中，营筑在分寸之内的玉石。）

人们的命名恒是如此慎重庄严。

通往巴陵的路上，无边的烟缭雾绕中猛然跳出一个路牌让我惊呀，那名字是：雪雾闹。

我站起来，不相信似的张望了又张望，车上有人在睡，有人在发呆，没有人理会那名字，只有我暗自吃惊。唉，住在山里的人是已经养成对美的抵抗力了，像刘禹锡的诗"司空见惯浑闲事，断尽苏州刺史肠"。而我亦是脆弱的，一点点美，已经让我承受不起了，何况这种意外蹦出来的，突发的美好。何竟在山叠山、水错水的高绝之处，有一个这样的名字。是一句沉实紧密的诗啊，那名字。

名字如果好得很正常，倒也罢了，例如"云霞坪"，已经好得很够分量了，但"雪雾闹"好得过分，让我张皇失措，几乎失态。

"红杏枝头春意闹"，但那种闹只是闺中乖女孩偶然的冶艳。而雪雾纠缠，那里面就有了天玄地黄的大气魄，是乾坤的判然分明的对立，也是乾坤的浑然一体的含同。

像把一句密加圈点的诗句留在诗册里，我把那名字留在山巅水涯，继续前行。

谢谢阿姨

车过高义，许多背着书包的小孩下了车。高义小学在那上面。

在台湾，无论走到多高的山上，你总会看见一所小学，灰水泥的墙，红字，有一种简单的不喧不嚣的美。

小孩下车时，也不知是不是校长吩咐的，每一个都毕恭毕敬地对司机和车掌大声地说："谢谢阿姨！""谢谢伯伯！"

在这种车上服务真幸福。

愿那些小孩永远不知道付了钱就叫"顾客",愿他们永远不知道"顾客永远是对的"的片面道德。

是清早的第一班车,是晨雾未晞的通往教室的小径,是刚刚开始背书包的孩子,一声"谢谢",太阳蔼然地升起来。

山水的巨帙

峰回路转,时而是左眼读水,右眼阅山;时而是左眼披览一页页的山,时而是右眼圈点一行行的水——山水的巨帙是如此观之不尽。

作为高山路线上的一个车掌必然很怡悦吧?早晨,看东山的影子如何去覆罩西山;黄昏的收班车则看回过头来的影子从西山覆罩东山。山径只是无限的整体大片上的一条细线,车子则是千回百折的线上的一个小点。但其间亦自是一段小小的人生,也充满大千世界的种种观照。

不管车往哪里走,奇怪的是梯田的阶层总能跟上来,真是不可思议,他们硬是把峰壑当平地来耕作。

我想送梯田一个名字——层层香,说得更清楚点,是层层稻香,层层汗水的芬芳。

巴陵是公路局车站的终点。

像一切的大巴士的山线终站,那其间有着说不出来的小小繁华和小小的寂寞——一间客栈,一个山庄,一家兼卖肉丝面和猪头肉的票亭,几家山产店,几家人家,一片有意无意的小花圃。车来时,扬起一阵沙尘,然后沉寂。

公车的终点站是计程车起点,要往巴陵还有三小时的脚程,我订了一辆车,司机是胡先生,泰雅尔人,有问必答。车子如果不遇山崩,可以走到比巴陵更深的深山。

山里计程车其实是不计程的,连计程表也省得装了。开山路,车子耗损大,通常是一个人或好些人合包一辆车。价钱当然比计程贵,但坐车当然比坐滑竿、坐轿子人道多了,我喜欢看见别人和我平起平坐。

我坐在前座,和司机一起,文明社会的礼节到这里是不必讲求了,我选择前座是因为它既便于谈话,又便于看山看水。

车虽是我一人包的,但一路上他老是停下来载人,一会儿是从小路上冲来的小孩——那是他家老五,一会儿又搭乘一位做活的女工,有时他又热心地大叫:"喂,我来帮你带菜!"

许多人上车又下车,许多东西搬上又搬下,看他连问都不问我一声就理直气壮地载人载货,我觉得很高兴。

"这是我家!"他说着,跳下车,大声跟他太太说话。

天!漂亮的西式平房。

他告诉我那里是他正在兴盖的旅舍,他告诉我他们的土地值三万元一坪(约3.3平方米),他告诉我山坡上哪一片是水蜜桃,哪一片是苹果……

"要是你四月来,苹果花开,哼!……"

这人说话老是让我想起现代诗。

"我们山地人不喝开水的——山里的水拿起来就喝!"

"嗒，这种草叫'嗯桑'，我们从前吃了生肉要是肚子痛就吃它。"

"停车，停车。"这一次是我自己叫停的，我仔细端详了那种草，锯齿边的尖叶，满山遍野都是，从一尺高到一人高，顶端开着隐藏的小黄花，闻起来极清香。

我摘了一把，并且撕一片像中指大小的叶子开始咀嚼，老天！真苦得要死，但我狠下心至少也得吃下那一片，我总共花了三个半小时，才吃完那一片叶子。

"那是芙蓉花吗？"

我种过一种芙蓉花，初绽时是白的，开着开着就变成了粉的，最后变成凄艳的红。

我觉得路旁那些应该是野生的山芙蓉。

"山里花那么多，谁晓得？"

车子在凹凹凸凸的路上，往前蹦着。我不讨厌这种路——因为太讨厌被平直光滑的大道一路输送到风景站的无聊。

当年孔丘乘车，遇人就"凭车而轼"，我一路行去，也无限欢欣地向所有的花、所有的蝶、所有的鸟，以及不知名的蔓生在地上的浆果而行"车上致敬礼"。

"到这里为止，车子开不过去了，"司机说，"下午我来接你。"

山水的圣谕

我终于独自一人了。

独自一人来面领山水的圣谕：

一片大地能昂起几座山？一座山能涌出多少树？一棵树上能秘藏多少鸟？一声鸟鸣能婉转倾泻多少天机？

鸟声真是一种奇怪的音乐——鸟愈叫，山愈幽深寂静。

流云匆匆从树隙穿过——云是山的使者吧——我竟是闲于闲云的一个。

"喂！"我坐在树下，叫住云，学当年孔子，叫趋庭而过的鲤，并且愉快地问它，"你学了诗没有？"

并不渴，在十一月山间的新凉中，但每看到山泉我仍然忍不住停下来喝一口。雨后初晴的早晨，山中蠹蠹然全是水声，插手入寒泉，只觉自己也是一片冰心在玉壶。而人世在哪里？当我一插手之际，红尘中几人生了？几人死了？几人灰情灭欲大彻大悟了？

剪水为衣，抟山为钵，山水的衣钵可授之何人？叩山为钟鸣，抚水成琴弦，山水的清音谁是知者？山是千绕百折的璇玑图，水是逆流而读或顺流而读都美丽的回文诗，山水的诗情谁来管？

视脚下的深涧，浪花翻涌，一直，我以为浪是水的一种偶然，一种偶然搅起的激情。但行到此处，我忽竟发现不然，应该说水是浪的一种偶然，平流的水是浪花偶尔憩息时的宁静。

同样是岛，同样有山，不知为什么，香港的山里就没有这份云来雾往、朝烟夕岚以及千层山万重水的故乡韵味。香港没有极高的山，极巨的神木。香港的景也不能说不好，只是一览无遗，坦然得令人不习惯。

对一个华人而言，烟岚是山的呼吸，而拉拉山，此刻正在徐舒地深呼吸。

在

小的时候老师点名,我们一一举手说:"在!"

当我来到拉拉山,山在。

当我访水,水在。

还有,万物皆在,还有,岁月也在。

转过一个弯,神木便在那里,在海拔一千八百米的地方,在拉拉山与塔曼山之间,以它五十四米的身高,面对不满一米六三的我。

它在,我在,我们彼此对望着。

想起刚才在路上我曾问司机:"都说神木是一个教授发现的,他没有发现以前你们知道不知道?"

"哈,我们早就知道啦,从做小孩子时就知道,大家都知道的嘛!它早就在那里了!"

被发现,或不被发现;被命名,或不被命名;被一个泰雅尔人的山地小孩知道,或被森林系的教授知道,它反正在那里。

心情又激动又平静,激动,因为它超乎想象的巨大庄严;平静,是因为觉得它理该如此,它理该如此妥帖地拔地擎天。它理该如此是一座倒生的翡翠矿,需要用仰角去挖掘。

路旁钉着几张原木椅子,长满了苔藓,野蕨从木板裂开的瘢目间冒生出来,是谁坐在这张椅子上把它坐出一片苔痕?是那叫作"时间"的过客吗?

再往前，是更高的一株神木。

再走，仍有神木，再走，还有。这里是神木家族的聚居之处。

十一点了，秋山在此刻竟也是阳光炙人的，我躺在神木下面，想起唐人的传奇，虬髯客不带一丝邪念卧看红拂女梳垂地的长发，那景象真华丽。我此刻也卧看大树在风中梳着那满头青丝，所不同的是，我也有华首绿鬓，跟巨木相向苍翠。

人行到神木下面，忽然有些悲怆。这是胸腔最阔大的一棵，直立在空无凭依的小山坡上，似乎被雷击过，有些地方劈剖开来，老干枯败苍古，分叉部分却活着。

怎么会有一棵树同时包括死之深沉和生之愉悦！

那树多像中国！

中国？我是到山里来看神木的，还是来看中国的？

坐在树根上，惊看枕月衾云的众枝柯，忽然，一滴水，棒喝似的打到头上。那枝柯间也有汉武帝所喜欢的承露盘吗？

真的，我问自己，为什么要来看神木呢？对生计而言，神木当然不及番石榴树，而番石榴，又不及稻子麦子。

我们要稻子，要麦子，要番石榴，可是，令我们惊讶的是我们的确也想要一棵或很多棵神木。

我们要一个形象来把我们自己画给自己看，我们需要一则神话来把我们自己说给自己听：千年不移的真挚深情，阅尽风霜的泰然庄矜，接受一个伤痕便另拓一片苍翠的无限生机，人不知而不愠的怡然自足。

树在。山在。大地在。岁月在。我在。你还要怎样更好的世界？

适者

听惯了"物竞天择，适者生存"，使人不觉被绷紧了，仿佛自己正介于适者与不适者之间，又好像适于生存者的名单即将宣布了，我们连自己生存下去的权利都开始怀疑起来了。

但在山中，每一种生物都尊严地活着。巨大悠久如神木，神奇尊贵如灵芝，微小如阴暗岩石上恰似芝麻点大的菌子，美如凤尾蝶，丑如小蜥蜴，古怪如金狗毛，卑弱如匍匐结根的蔓草，以及种种不知名的万类万品，生命是如此仁慈公平。

甚至连没有生命的，也和谐地存在着。土有土的高贵，石有石的尊严，倒地而死无人凭吊的树尸也纵容菌子、蕨草。藓苔和木耳爬得它一身，你不由觉得那树尸竟也是另一种大地，它因容纳异己而在那些小东西身上又青青翠翠地再活了起来。

生命是有充分的余裕的。

在山中，每一种存在的都是适者。

忽然，我听到人声，胡先生来接我了。

"就在那上面，"他指着头上的岩突叫着，"我爸爸打过三只熊！"

我有点生气，怎么不早讲？他大概怕吓着我，其实，我如果事先知道自己走的是一只大黑熊出没的路，一定要兴奋十倍。可惜了！

"熊肉好不好吃？"

"不好吃，太肥了。"他顺手摘了一把野草，又顺手扔了，他对逝去的岁月并不留恋，他真正挂心的是他的车、他的孩子、他计划中的旅馆。

山风跟我说了一天，野水跟我聊了一天，我累了。回来时在公路局车上安分地凭窗俯瞰极深极深的山涧，心里盘算着要到何方借一支长瓢，也许长如杓子星座的长瓢，并且舀起一瓢清清冽冽的泉水。

有人在山跟山之间扯起吊索吊竹子，我有点喜欢做那竹子。

回到复兴，复兴在四山之间，四山在金云的合抱中。

水程

清晨，我沿复兴山庄旁边的小路往吊桥走去。

吊桥悬在两山之间，不着天，不巴地，不连水——吊桥真美。走吊桥时我简直有一种走索人的快乐，山色在眼，风声在耳，而一身系命于天地间游丝一般的铁索间。

多么好。

我下了吊桥，走向渡头，舟子未来，一个农妇在田间浇豌豆，豌豆花是淡紫的，细致美丽。

打谷机的声音不知从何处传来，我感动着，那是一种现代的舂米之歌。

我要等一条船沿水路带我经阿姆坪到石门，我坐在石头上等着。

乌鸦在山岩上直嘎嘎地叫着。记得有一年在香港碰到王星磊导演的助手，他没头没脑地问我："台湾有没有乌鸦？"

他们后来到印度去弄了乌鸦。

我没有想到在山里竟有那么多乌鸦，乌鸦的声音平直低哑，丝毫不婉转流利，它只会简单直接地叫一声："嘎——"

但细细品味，倒也有一番直抒胸臆的悲痛，好像要说的太多，仓皇到极点反而只剩一声长噫了！

乌鸦的羽翅纯黑硕大，华贵耀眼。

船来了，但乘客只我一人，船夫定定地坐在船头等人。

我坐在船尾，负责邀和风，邀丽日，邀偶过的一片云影，以及夹岸的绿烟。

没有别人来，那船夫仍坐着。两个小时过去了。

我觉得我邀到的客人已够多了，满船都是，就付足了大伙儿的船资，促他开船，他终于答应了。

山从四面叠过来，一重一重的，简直是绿色的花瓣——不是单瓣的那一种，而是重瓣的那一种——人行水中，忽然就有了花蕊的感觉，那种柔和的、生长着的花蕊，你感到自己的尊严和芬芳，你竟觉得自己就是张横渠所说的可以"为天地立心"的那个人。

不是天地需要我们去为之立心，而是由于天地的仁慈，他俯身将我们抱起，而且刚刚好放在心坎儿的那个位置上。山水是花，天地是更大的花，我们遂挺然成花蕊。

回首群山，好一块沉实的纸镇，我们会珍惜的，我们会在这纸张上写下属于我们的历史。

后记：

一、常常，我仍想起那座山。

二、冬天，我再去山庄，狠狠地看了一天的梅花。

三、夏天，在一次离台旅行之前，我又去了一次拉拉山，吃了些水蜜桃，以及山壁上倾下来的不花钱的红草莓。夏天比秋天好的是绿苔下长满十字形的小紫花，但夏天游人多些，算来秋天比夏天多了整整一座空山。

雨之调

雨荷

有一次,雨中走过荷池,一塘的绿云绵延,独有一朵半开的红莲挺然其间。

我一时为之惊愕驻足,那样似开不开,欲语不语,将红未红,待香未香的一株红莲!

漫天的雨纷然而又漠然,广不可及的灰色中竟有这样一株红莲!像一堆即将燃起的火,像一罐立刻要倾泼的颜色!我立在池畔,虽不欲捞月,也几成失足。

生命不也如一场雨吗?你曾无知地在其间雀跃,你曾痴迷地在其间沉吟——但更多的时候,你得忍受那些寒冷和潮湿,那些无奈与寂寥,并且以晴日的幻想来度日。

可是,看那株莲花,在雨中怎样地唯我而又忘我,当没有阳光的时候,它自己便是阳光;当没有欢乐的时候,它自己便是欢乐!一株莲花里有多么完美自足的世界!

一池的绿,一池无声的歌,在乡间不惹眼的路边——岂只有哲学书中才有真理?岂只有研究院中才有答案?一笔简单的雨荷可绘出多少形象之外的美善,一片亭亭青叶支撑了多少世纪的傲骨!

倘有荷在池,倘有荷在心,则长长的雨季何患?

秋声赋

一夜,在灯下预备第二天要教的课,才念两行,便觉哽咽。

那是欧阳修的《秋声赋》,许多年前,在中学时,我曾狂热地耽于那些旧书,我曾偷偷地背诵它!

可笑的是少年无知,何曾了解秋声之悲,一心只想学几个漂亮的句子,拿到作文簿上去自炫!

但今夜,雨声从四窗来叩,小楼上一片零落的秋意,灯光如雨,愁亦如雨,纷纷落在《秋声赋》上,文字间便幻起重重波涛,掩盖了那一片熟悉的文字。

每年十一月,我总要去买一本 Idea 杂志(日本平面设计杂志),不为那些诗,只为异国那份辉煌而又黯然的秋光。那荒漠的原野,那大片宜于煮酒的红叶,令人恍然有隔世之想。可叹的是故国的秋色犹能在同纬度的新大陆去辨认,但秋声呢?何处有此悲声寄售?

闻秋声之悲与不闻秋声之悲,其悲各何如?

明朝,穿过校园中发亮的雨径,去面对满堂稚气的大一新生的眼睛,《秋声赋》又当如何解释?

秋灯渐暗,雨声不绝,终夜吟哦着不堪一听的浓愁。

青楼集

在傅斯年图书馆当窗而坐，远近的丝雨成阵。

桌上放着一本被蠹鱼食余的《青楼集》，焦黄破碎的扉页里，我低首去辨认元朝的、焦黄破碎的往事。

一壁抄着，忍不住的思古情怀便如江中兼天而涌的浪头，忽焉而至。那些柔弱的名字里有多少辛酸的命运：朱帘秀、汪怜怜、翠娥秀、李娇儿……一时之间，元人的弦索、元人的箫管，便盈耳而至。音乐中浮起的是那些苍白的，架在锦绣之上，聪明得悲哀的脸。

当别的女孩在软褥上安静地坐着，用五彩的丝线织梦，为什么独有一班女孩在众人的奚落里唱着人间的悲欢离合？而如果命运要她们成为被遗弃的，却为什么要让她们有那样的冰雪聪明去承受那种残忍？

"大都"，辉煌的元帝国，光荣的朝代，何竟有那些黯然的脸在无言中沉浮？当然，天涯沦落的何止是她们，为人作色的何止是她们。但八百年后在南港，一个秋雨如泣的日子，独有她们的身世这样沉重地压在我的资料卡上，那古老而又现代的哀愁。

雨在眼，雨在耳，雨在若有若无的千山。南港的黄昏，在满楼的古书中无限凄清！萧条异代，谁解此恨！相去几近千年，她们的忧伤和屈辱却仍然如此强烈地震撼着我。

雨仍落，似乎已这样无奈地落了许多世纪。山渐消沉，树渐消沉，书渐消沉，只有蠹鱼的蛀痕顽强地咬透八百年的酸辛。

125

戈壁酸梅汤和低调幸福

前年盛夏，我人在内蒙古的戈壁滩，太阳直射，唉！其实已经不是太阳直射不直射的问题了，根本上你就像站在太阳里面呢！我觉得自己口干舌燥，这时，若有人在身边划火柴，我一定会赶快走避，因为这么一个干渴欲燃的我，绝对有引爆之虞。

"知道我现在最想最想的东西是什么吗？"我问众游伴。

很惭愧，在那个一倒地即可就地成为"速成脱水人干"的时刻，我心里想的不是什么道统的传承，不是民族的休戚，也不是丈夫儿女……

我说："是酸梅汤啦！想想如果现在有一杯酸梅汤……"

此语一出，立刻引来大伙一片回应。其实那时车上尚有凉水。只是，有些渴，是水也解决不了的。

于是大家相约，等飞去北京，一定要去找一杯冰镇酸梅汤来解渴。这也叫"望梅止渴"吧！是以"三天后的梅"来止"此刻的渴"。

北京好像是酸梅汤的故乡，这印象我是从梁实秋先生的文章里读到的。那酸梅汤不只是酸梅汤，它的贩卖处设在琉璃厂。琉璃厂

卖的是旧书、旧文物，本来就是清凉之地。客人逛走完了，低头饮啜一杯酸梅汤，梁老笔下的酸梅汤竟成了"双料之饮"——是和着书香喝下去的古典冷泉。

及至由内蒙古回到北京，那长安大街上哪里找得到什么酸梅汤的影子，到处都在卖可口可乐。

而梁老也早已大去，就算他仍活着，就算他陪我们一起来逛这北京城，就算我们找到了道道地地的酸梅汤，梁老也已经连喝一口的福气也没有了——他晚年颇为糖尿病所苦。在长安大街上走着走着，就想落泪，虽一代巨匠，一旦搅入轮回大限，也只能如此草草败下阵去。

好像，忽然之间，"幸福"的定义就跃跃然要迸出来了，所谓幸福，就是活着，就是在盛暑苦热的日子喝一杯甘洌沁脾的酸梅汤，虽然这种属于幸福的定义未免定得太低调。

回到台北，我立刻到中药铺去抓几服酸梅汤料（买中药要说"抓"，"抓"字用得真好，是人跟草药间的动作），酸梅汤料其实很简单，

127

基本上是乌梅加山楂,甘草可以略放几片。但在台湾,却流行在每服配料里另加六七朵洛神花。酸梅汤的颜色本来只是像浓茶,有了洛神花便添几分艳俏。如果真把当年北京的酸梅汤盛一盏来和今日台湾的并列,前者如侠士,后者便是侠女了。

酸梅汤当然要放糖,但一定要放未漂白的深黄色粗砂糖,黄糖较甜,而且有一股焦香,糖须趁热搅入(台糖另有很可爱的小粒黄色冰糖,但因是塑胶盒,我便拒买了)。汤汁半凉时,还可以加几匙蜂蜜,蜂蜜忌热,只能用温水调开。

如果有桂花酱,那就更得无上妙谛了。

剩下来的,就是时间,给它一天半天的时间,让它慢慢从鼎沸火烫修炼成冰崖下滴的寒泉。

女儿当时虽已是大学生,但每次骑车从滚滚红尘中回到家里,猛啜一口酸梅汤之际,仍然忍不住又成了雀跃三尺的小孩。古代贵族每有世世相传的家徽,我们市井小民弄不起这种高贵的符号,但一家能有几样"家饮""家食""家点"来传之子孙也算不错,而且实惠受用。古人又喜以宝鼎传世,我想传鼎不如传食谱食方,后者才是"软体"呢!

因为有酸梅汤,溽暑之苦算来也不见得就不能忍受了。

有时,兀自对着热气氤氲上腾的一锅待凉的酸梅汤,觉得自己好像也是烧丹炼汞的术士,法力无边,我可以把来自海峡彼岸的一片梅林,一树山楂和几丛金桂,加上几朵来自东台湾山乡的霞红的洛神花,还有南部平原上的甘蔗田,忽地一抓,全摄入我杯中,成为琼浆玉液。这种好事,令人有神功既成,应来设坛谢天的冲动。

好，我再来重复一次这妙饮的配方：乌梅、山楂、甘草、洛神花、糖、蜜、桂花，加上反复滚沸的慢火和缓缓降温的时间。此外，如果你真的希望让你手中的那杯酸梅汤和我的这杯一样好喝的话，那么你还须再加上一颗对生活"有所待却无所求"的易于感谢的心。

星约

上一次

是因为期待吗？整个天空竟变得介乎可信赖与不可信赖之间，而我，我介乎悟道的高僧与焦虑的狂徒之际。

七十六年才一次啊！

"运气特别不好！"男孩说，"两千年来，这次哈雷是最不亮的一次！上一次，嘿，上一次它的尾巴拖过半个天空哩！"

男孩十七岁，七十六年后他九十三。下一次，下一次他有幸和他的孩子并肩看星吗，像我们此刻？

至于上一次，男孩，上一次你在哪里，我在哪里，我的母亲又复在哪里？连民国亦尚在胎动。飒爽的鉴湖女侠墓草已长，黄兴的手指尚完好，七十二烈士的头颅尚在担风挑雨的肩上寄存。血在腔中呼啸，剑在壁上狂吟，白衣少年策马行过漠漠大野。那一年，就是那一年啊，彗星当空挥洒，仿佛日月星辰全是定位的镂刻的字模，唯独它，是长空里一气呵成的行草。

那一年，上一次，我们不在，但一一知道。有如一场宴会，我们迟了，没赶上，却见茶气氤氲，席次犹温，一代仁人志士的呼吸如大风盘旋谷中，向我们招呼，我们来迟了，没有看到那一代的风华。但一九一〇我们是知道的，在武昌起义和黄花岗之前的那一年我们是感念而熟知的。

初识

还有，最初的那一次（其实怎能说是最初呢，只能说是最初的记载罢了，只能说是不甚认识的初识罢了）。这美丽得使人惊惶的天象，正是以美丽的方块字记录的。在秦始皇的年代，"七年，彗星先出于东方，见北方……五月，见西方……"，秦代的资料，是以委婉的小篆体记录的吧？

而那时候，我们在哪里？易水既寒，群书成焚灰，博浪沙的大椎打中副车；黄石老人在桥头等待一位肯为人拾鞋的亢奋少年；伏生正急急地咽下满腹经书，以便将来有朝一日再复缓缓吐出；万里长城开始一尺一尺垒高，垒远……忙乱的年代啊，大悲伤亦大奋发的岁月啊，而那时候，我们在哪里？我们在哪里？

有所期

我们在今夜，以及今夜的期待里。以及，因期待而生的焦灼里。不要有所期有所待，这样，你便不会忧伤。

不要有所系有所思，否则，你便成不赦的囚徒。

不要企图攫取，妄想拥有，除非，你已预先洞悉人世的虚空。

——然而，男孩啊，我们要听取这样的劝告吗？长途役役，我们有如一只罗盘上的指针，因神秘的磁场牵引而不安而颤抖，而在每一步颠簸中敏感地寻找自己和整个天地的位置，但世上的磁针有哪一根因这种劫难而后悔，而愿意自绝于磁场的骚动呢？

咒诅

如果有人告诉我彗星是一场祸殃，我也是相信的。凡美丽的东西，总深具危险性，像生命。奇怪，离童年越远，我越是想起那只青蛙的童话：

有一个王子，不知为什么，受了魔法的诅咒，变成了青蛙。青蛙守在井底，他没有为这大悲痛哭泣，但他却听到了哭泣的声音，那一定来自小悲痛小凄怆吧？大痛是无泪的啊！谁哭呢？一个小女孩。为什么哭呢？为一只失落的球。幸福的小公主啊，他暗自叹息起来，她最响亮的号啕竟只为一只小球吗？于是他为她落井捡球。然后她依照契约做了他的朋友，她让青蛙在餐桌上有一席之地，她给了他关爱和友谊，于是青蛙恢复了王子之身。

——生命是一场受过巫法的大咒诅，注定朽腐，注定死亡，注定扭曲变形——然而我们活了下来，活得像一只井底青蛙，受制于窄窄的空间，受制于匆匆一夏的时间。而他等着，等一份关爱来破此魔法和咒诅。一瞬柔和的眼神已足以破解最凶恶的毒咒啊！

如果哈雷是祸殃，又有什么可悸可怖？我们的生命本身岂不是更大的祸殃吗？然而，然而我们不是一直相信生命是一场充满祝福的诅咒，一枚有着苦蒂的甜瓜，一条布满陷阱的坦途吗？

我不畏惧哈雷以及它在传述中足以魇住人的华灿和美丽。即使美如一场祸殃，我也不会因而畏惧它多于一场生命。

暂时

缸里的荷花谢尽，浮萍潜伏，十二月的屋顶寂然，男孩一手拿着电筒，一手拿着星象图，颈子上挂着望远镜。

"哈雷在哪里？"我问。

"你怎么这么'势利眼'，"男孩居然愤愤地教训起我来，"满天的星星哪一颗不漂亮，你为什么只肯看哈雷？"

淡淡的弦月下，阳台黝黑，男孩身高一米八四，我抬头看他，想起那首"日生日沉"的歌：

这就是我一手带大的小女孩吗？
这就是那玩游戏的小男孩吗？
是什么时候长大的呀，他们？

"看那颗天狼星，冬天的晚上就数它最亮，蓝汪汪的，对不对？它的光等是负一点四，你喜欢了，是不是？没有女人不喜欢天狼，它太像钻石了。"

我在黑夜中窃笑起来,男孩啊——

付这座公寓订金的时候,我曾惴惴然站在此处,揣想在这小小的舞台上,将有我人世怎样的演出?男孩啊,你在这屋子中成形,你在此处听第一篇故事,念第一首唐诗,而当年痴立痴想的时候,我从来不曾想到你会在此和我谈天狼星!

"蓝光的星是年轻的星,星光发红就老了。"男孩说。

星星也有生老病死啊?星星也有它的情劫和磨难啊?

"一颗流星。"男孩说。

我也看见了,它钢截利落,如钻石划过墨黑的玻璃。

"你许了愿?"

"许了。你呢?"

"没有。"

怎么解释呢?怎样把话说清楚呢?我仍有愿望,但重重愿望连我自己静坐以思的时候对着自己都说不清楚,又如何对着流星说呢?

"那是北极星——不过它担任北极星其实也是暂时的。"

"暂时?"

"对,等二十万年以后,就是大熊星来做北极星了,不过二十万年以后大熊星座的组合位置有点改变。"

暂时担任北极星二十万年?我了解自己每次面对星空的悲怆失措甚至微愠了,不公平啊,可是跟谁去争辩,跟谁去抗议?

"别的星星的组合形态也会变吗?"

"会,但是我们只谈那些亮的星,不亮的星通常就是远的星,我们就不管它们了。"

"什么叫亮的？"

"光度总要在一等左右，像猎户星座里最亮的，我们中国人叫它参宿七的那一颗，就是零点一等，织女星更亮，是零等。太阳最亮，是负二十六等……"

"光的单位"

奇怪啊，印度人以"克拉"计钻石，愈大的钻石克拉愈多，希腊人以"光等"计星亮，愈亮的星"光等"反而愈少，最后竟至于少成负数了。

"古希腊人为什么这么奇怪呢？为什么他们用这种方法来计算光呢？我觉得'光度'好像指'无我的程度'，'我执'愈少，光源愈透，'我'愈强，光愈暗。"

"没有那么复杂吧？只是希腊人就是这样计算的。"

我于是躺在木凳上发愣，希腊人真是不可思议，满天空都成了他们的故事布局，星空于他们竟是一整棚累累下垂的葡萄串，随时可摘可食，连每一粒葡萄晶莹的程度他们也都计算好了。

猎户在天

几年前的一个星夜。我们站在各种光等的星星下。

"猎户在天——"我说。

"《诗经》的句子吧？"女友问。

"怎么会,也不想想猎户星座是希腊名词啊!"

她大笑起来,她是被我的句型骗了,何况她是诗人,一向不讲理的,只是最后连我自己也恍惚起来,真的很像《诗经》里的句子呢!

我们有点在装迷糊吗?为什么每看到好东西,我们就把它故意误认为中国的?

"猎户"是一组美丽的星,宽宏的肩,长挺的腿,巧饰的腰带和腰带下的腰刀,旁边还有一只野兔呢!然而,这漂亮的猎者是谁呢?是始终在奔驰在追索在欲求的世人吗?不知道啊,但他那样俊朗,把一个形象从古希腊至今维系了三千年,我不禁肃然。

"看到腰带下的小腰刀吗?腰刀是三颗直排的星组成的,中间的那一颗你用望远镜仔细看,是一大团星云,它距离我们只不过一千五百光年而已。"

"一千五百年!是唐朝吗?"

"是南北朝。"

早于浓艳的李义山,早于狂歌的李白、沉郁的杜甫,以及凿破大地的隋炀帝。南北朝,南北朝又复为何世呢?对那一整个年代我所记得的只有北魏的石雕,悠悠青石,刻成了清明实在的眉目,今夕的星光就是当年大匠举斧加石的年代发出的,历劫的石像至今犹存其极具硬度的大悲悯,历劫的星光则今夕始来赴我双目的天池。

猎户星座啊!

见与不见

我其实是要看哈雷的，但哈雷不现，我只看到云。我终于对云感到抱歉了——这是不公平的，我渴望哈雷是因它稍纵即逝，然而云呢？云又岂是永恒的？此云曾是彼水，彼水曾是泉曾是溪，曾是河曾是海，曾是花上晓露眼中横波，曾是禾田间的汗水，曾是化碧前的赤血，壮士沙场之际的一杯酒是它，赵州说法时的半杯茶也是它。然而，我竟以为云只是云，我竟以为今日之云同于昨日之云，云不也跟哈雷一样是周而复始、迂回往来的吗？

我不断地向自己解释，劝自己好好看一朵云，其间亦自有千古因缘，然而我依旧悲伤且不甘心，为什么这是一片灯网交织的城，且长年有着厚云层？为什么不让我今生今世看见一次哈雷！

"奇怪啊，神话只属于古代，至于我们的年代，只有新闻，而且多是报道不实的，为什么？"

黑暗中男孩看我，叹了一口气，他半年前交了一篇历史课的读书报告，题目便是"中国神话的研究"，得分九十五。曾经统御过所有的英雄和巨灵，辉耀了整个日月星辰的神话，此刻已老，并且沦为一个中学生的读书报告。

在一个接一个的冬夜里我惋叹跌足，并且生自己的气，气自己被渴望折磨，神话里的夸父就是渴死的，我要小心一点才行。所以悲伤时我总是想哈雷先生（哈雷彗星以他的名字来命名）以及他亦悲亦喜的一生。他在二十六岁那年惊见彗星，此后他用许多年来研究，相信彗星会在自己一百零二岁时再现。看过彗星以后他又活了一甲子，死于八十六岁，像一个放榜前殁世的考生，无从证实自己的成绩。那哈雷死时是怎样的呢，我猜他的心情正像一个孩子，打算在圣诞夜不眠，好看到圣诞老公公如何滑下烟囱，放下礼物。然而他困了，撑不住了，兴奋消失，他开始模糊了，心里却是不甘心的，嘴里说着半真半呓地叮咛："父亲，等下圣诞老人来的时候，一定要叫我呢！我要摸摸他的胡子！"

哈雷说的话想来也类似："造物啊，我熬不住了，我要睡了，你帮我看好，好吗？十六年后它会来的，我先睡，你到时候要叫我一声哟！"

生当清平昌大之盛世，结交一时之俊彦如牛顿，能于切磋琢磨中发天地之微，知宇宙之数，哈雷的平生际遇也算幸运了。然而，肉体的贮瓶终于要面临大朽坏的——并不因其间贮注的是大智慧而有异，只是大限来时，他是否有憾呢？

寒星如一片冰心的冬夜，我反复自问：

哈雷生平到底看到过彗星重现吗？若说是看见了，他事实上在星现前十六年已经死了，若说未见，他却是见的，正如围棋高手早在几小时以前预见胜负，一步步行去的每一着履痕他们都有如亲睹。

大军事家、大政治家、大科学家都是在不见处先见、未明时先明的啊！

那么，我呢？我算不算看过那彗星的人呢？假设有盲者，站在凄凄长夜里，感知天空某一角落有灿然的光体如甩动的火把，算不算看到了呢？如果他倾耳辨听天河淙淙，如果他在安静中若闻哈雷的跳跃，像一只河畔的蚱蜢，蹦去又蹦回，他算不算看到了呢？而我，

138

当我在金牛座昴星团中寻它，当我在白羊和双鱼座中寻它千百度，思它千百度，我算不算看到它了呢？在无所视无所听无所触无所嗅的隔离中，我们可以仅仅凭信心、念力去承认、去体会身在云后的它吗？

我已践约

又一颗流星划过天空，天空割裂，但立刻拢合，造物的大诡秘仍然不得窥见。这不知名的星从此化为光尘，也许最后剩一小块陨石，落到地球上，被人捡起，放在陈列室里，像一部写坏了的爱情小说，光华消失，飞腾不见，只留下硬硬的纹理。

夜空有千亩神话万顷传奇，有流星表演的冰上芭蕾——万古乾坤只在此半秒钟演出。以此肉身、以此肉眼来面对它们，这种不公平的对决总使我心情大乱，悲喜无常。哈雷会来吗？原谅我的急躁，我和男孩有缘得窥七十六年一临的奇景吗？如果能，我为此感激；如果不能，让我感激朝朝来临的太阳，月月重圆的月亮，以及至七夕最凄丽的"织女"，于冬月亦明艳的"猎户"。我已践约，今夜，以及此生，哈雷也没有失约，但云横雾亘，我不能表示异议。

如果我不曾谢恩，此刻，为茫茫大荒中一小块荷花缸旁的立脚位置，为犹明的双眸，为未熄的渴望，为身旁高大的教我看星的男孩，为能见到的以及未能见到的，为能拥有的以及不能拥有的，为悲为喜，为悟为不悟，为已度的和未度的岁月，我，正式致谢。

一山昙华

"你们来晚了!"

我老是听到这句话。

旅行于世界各地,总是有热心的朋友跑来告诉你这句话。

于是,我知道,如果我去年就来,我可以赶上一场六十年来仅见的瑞雪。或者如果一个月前来,丁香花开如一片香海。或者十天以前来,有一场热闹的庙会。一星期以前来,正逢热气球大赛。三天以前是啤酒节……

开头的时候,听到这样的话,忍不住跌足叹息,自伤命苦。久了,也就认了。知道有些好事情,是上天赏给当地居民的。旅客如果碰上了,是万幸,碰不上,是理所当然。凭什么你把"花枝春满""天心月圆"的好景都碰上了?

因此,我到夏威夷,听朋友说:"满山昙花都开了——好像是上个礼拜某个夜里。"心里也只觉坦然,一面促他带我们仍去看看,毕竟花谢了山还在。

到了山边,不禁目瞪口呆,果真是满满一山仙人掌,果真每棵仙人掌都垂下一朵大大的枯萎的花苞。遥想上个礼拜千朵万朵深夜竞芳时，不知是如何热闹熙攘的局面。而此刻，我仿佛面对三千位后宫美女——三千位垂垂老去的美女，努力揣想她们当年如何风华正茂……

如果不是事先听友人说明，此刻我也未必能发现那些残花。花朵开时，如敲锣打鼓，腾腾烈烈，声震数里，你想不发现也难。但花朵一旦萎谢，则枝柯间忽然幽阒如墓地，你只能从模糊的字迹里去辨认昔日的王侯将相才子佳人。

此时此刻，说不憾恨是假的，我与这一山昙华，还未见面，就已诀别。

但对这种憾恨我却早已经"习惯"了，人本来就不是有权利看到每一道彩虹的。王羲之的兰亭雅集我没赶上，李白宴于春夜桃李园我也没赶上。就算我能逆时光隧道赶回一千多年前去参加，他们也必然因为我的女性身份而将我峻拒门外。是啊，不是所有的好事都是我可以碰上的。哥伦布去新大陆没带我同行，莎士比亚《李尔王》的首演日我没接到招待券，而地球的启动典礼上帝也没让我剪彩……反正，是好事，而被我错过的，可多着哪！这一山白灿灿的昙花又算什么？

我呆呆站在山前，久久不忍离去。这一山残花虽成往事，但面对它却可以容我驰无穷之想象。想一周前的某个深夜，满山花开如素烛千盏，整座山燃烧如月下的烛台，那夜可有人是知花之人？可有心是惜香之心？

凡眼睛无福看见的，只好用想象去追踪揣摩。凡鼻子不及嗅闻的，只好用想象去填充臆测。凡手指无缘接触的，也只得用想象去弥补假设——想象使我们无远弗届。

我曾淡忘无数目睹的美景，反而牢牢记住了夏威夷岛上不曾见识过的一山昙华。这世间，究竟什么才叫拥有呢？

春之怀古

　　至于所有的花，已交给蝴蝶去点数。所有的蕊，交给蜜蜂去编册。所有的树，交给风去纵宠。而风，交给檐前的老风铃去一一记忆、一一垂询。

　　春天必然曾经是这样的：从绿意内敛的山头，一把雪再也撑不住了，扑哧的一声，将冷面笑成花面，一首澌澌然的歌便从云端唱到山麓，从山麓唱到低低的荒村，唱入篱落，唱入一只小鸭的黄蹼，唱入软溶溶的春泥——软如一床新翻的棉被的春泥。

　　那样娇，那样敏感，却又那样混沌无涯。一声雷，可以无端地惹哭满天的云。一阵杜鹃啼，可以斗急了一城杜鹃花。一阵风起，每一棵柳都会吟出一则则白茫茫、虚飘飘、说也说不清、听也听不清的飞絮，每一丝飞絮都是一株柳的分号。反正，春天就是这样不讲理、没逻辑，而仍可以好得让人心平气和。

　　春天必然曾经是这样的：满塘叶黯花残的枯梗抵死苦守一截老根，北地里千宅万户的屋梁受尽风欺云压，犹自温柔地抱着一团小小的空虚的燕巢。然后，忽然有一天，桃花把所有的山村水郭都攻陷了。

柳树把皇室的御沟和民间的江头都控制住了——春天有如旌旗鲜明的王师，因长期虔诚的企盼祝祷而美丽起来。

而关于春天的名字，必然曾经有这样的一段故事：在《诗经》之前，在《尚书》之前，在仓颉造字之前，一只小羊在啮草时猛然感到的多汁，一个孩子在放风筝时猛然感觉到的飞腾，一双患风痛的腿在猛然间感到舒适，千千万万双素手在溪畔在塘畔在江畔浣纱的手所猛然感到的水的血脉……当他们惊讶地奔走互告的时候，他们决定将嘴噘成吹口哨的形状，用一种愉快的耳语的声量来为这季节命名——"春"。

鸟又可以开始丈量天空了。有的负责丈量天的蓝度，有的负责丈量天的透明度，有的负责用那双翼丈量天的高度和深度。而所有的鸟全不是好的数学家，它们叽叽喳喳地算了又算，核了又核，终于还是不敢宣布统计数字。

至于所有的花，已交给蝴蝶去点数。所有的蕊，交给蜜蜂去编册。所有的树，交给风去纵宠。而风，交给檐前的老风铃去一一记忆、一一垂询。

春天必然曾经是这样，或者，在什么地方，它仍然是这样的吧？穿越烟囱与烟囱的黑森林，我想走访那蹒跚在湮远年代中的春天。

月，阙也

"月，阙也"那是一本两千年前的文学专书的解释。阙，就是"缺"的意思。

那解释使我着迷。

曾国藩把自己的住所题作"求阙斋"，求缺？为什么？为什么不求完美？

那斋名也使我着迷。

"阙"有什么好呢？"阙"简直有点像古中国性格中的一部分，我渐渐爱上了阙的境界。

我不再爱花好月圆了吗？不是的，我只是开始了解花开是一种偶然，但我同时学会了爱它们月不圆花不开的"常态"。

在中国的传统里，"天残地缺"或"天聋地哑"的说法几乎是毫无疑问地被一般人所接受。也许由于长期的患难困顿，中国神话中对天地的解释常是令人惊讶的。

在《淮南子》里，我们发现中国的天空和中国的大地都是曾经受伤的。女娲以其柔和的慈手补缀抚平了一切残破。当时，天穿了，女娲炼五色石补了天。地摇了，女娲折断了神鳌的脚爪垫稳了四极（多像老祖母叠起报纸垫桌子腿）。她又像一个能干的主妇，扫了一堆芦灰，止住了洪水。

中国人一直相信天地也有其残缺。

我非常喜欢中国西南部纳西族的神话，他们说，天地是男神女神合造的。当时男神负责造天，女神负责造地。等他们各自分头完成了天地而打算合在一起的时候，可怕的事发生了：女神太勤快，她把地造得太大，以至于跟天没办法合起来了。但是，他们终于想到了一个好办法，他们把地折叠了起来，形成高山低谷，然后，天地才虚合起来了。

是不是西南的崇山峻岭给他们灵感，使他们想起这则神话呢？

天地是有缺陷的，但缺陷造成了皱褶，皱褶造成了奇峰幽谷之美。月亮是不能常圆的，人生不如意事十常八九；当我们心平气和地承认这一切缺陷的时候，我们忽然发觉没有什么是不可以接受的。

在另一则汉民族的神话里，说到大地曾被共工氏撞不周山时撞歪了——从此"地陷东南"，长江黄河便一路浩浩淼淼地向东流去，流出几千里地惊心动魄的风景。而天空也在当时被一起撞歪了，不过歪的方向相反，是歪向西北，据说日月星辰因此哗啦一声大部分都倒到那个方向去了。如果某个夏夜我们抬头而看，忽然发现群星灼灼然的方向，就让我们相信，属于中国的天空是"天倾西北"的吧！

五千年来，汉民族便在这歪倒倾斜的天地之间挺直脊骨生活下去，只因我们相信残缺不但是可以接受的，而且是美丽的。

而月亮，到底曾经真正圆过吗？人生世上其实也没有看过真正圆的东西。一张葱油饼不够圆，一块镍币也不够圆。即使是圆规画的圆,如果用高度显微镜来看也不可能圆得很完美。

真正的圆存在于理念之中,而在现实的世界里,我们只能做圆的"复制品"。就现实的操作而言,一截圆规上的铅笔芯在画圆的起点和终点时,已经粗细不一样了。

所有的天体远看都呈球形,但并不是绝对的圆,地球是约略近于椭圆形。

就算我们承认月亮约略的圆光也算圆,它也是"方其圆时,即其缺时"。有如十二点整的钟声,当你听到钟响时,已经不是十二点了。

此外,我们更可以换个角度看。我们说月圆月阙其实是受我们有限的视觉所欺骗。有盈虚变化的是月光,而不是月球本身。月何尝圆,又何尝缺,它只不过像地球一样不增不减地兀自圆着——以它那不十分圆的圆。

花朝月夕,固然是好的,只是真正的看花人哪一刻不能赏花?在初生的绿芽嫩嫩怯怯地探头出土时,花已暗藏在那里。当柔软的枝条试探地在大气中舒手舒脚时,花隐在那里。当蓓蕾悄然结胎时,花在那里。当花瓣怒张时,花在那里。当香销红黯委地成泥的时候,花仍在那里。当一场雨后只见满丛绿肥的时候,花还在那里。当果实成熟时,花恒在那里,甚至当果核深埋地下时,花依然在那里……

或见或不见,花总在那里。或盈或缺,月总在那里。不要做一朝的看花人吧!不要做一夕的赏月人吧!人生在世哪一刻不美好完满?哪一刹那不该顶礼膜拜感激欢欣呢?

因为我们爱过圆月,让我们也爱缺月吧——它们原是同一个月亮啊!

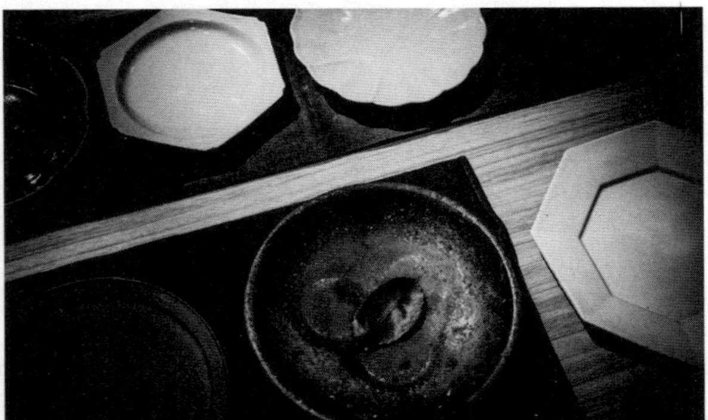

肆·厨房与爱

我留我的爱给你,爱是我的名字,
爱是我的写真。有一天,
当你走过蔓草荒烟,
我便在那里向你轻声呼喊
——以风声,以水响。

大型家家酒

事情好像是从那个走廊开始的。

那走廊还算宽,差不多六尺宽,十八尺长,在寸土寸金的台北市似乎早就有资格摇身变为一间房子了。

但是,我喜欢一条空的走廊。

可是,要"空",也是很奢侈的事,前廊终于沦落变成堆栈了,堆的东西全是那些年演完戏舍不得丢的大件,譬如说,一张拇指粗的麻绳编的大渔网曾在《武陵人》的开场戏里象征着挣扎郁结的生活的。两块用扭曲的木头做的坐墩,几张导演欣赏的白铁皮,是在《和氏璧》中卞和妻子生产时用来制造扭曲痉挛的效果的……那些东西在舞台上,在声光电化所组成的一夕沧桑中当然是动人的,但堆在一所公寓四楼的前廊上却显得猥琐肮脏,令人一进门就为之气短。

事情的另外一个起因是由于家里发生了一件灾祸,那就是余光中先生所说的"书灾"。两个人都爱书,偏偏所学的又不同行,于是各人买各人的。原有的书柜放不下,弄得满坑满谷、举步维艰,可恨的是,下次上街,一时兴奋,又忘情地肩驮手抱地成堆地买了回来。

当然，说来书也有一重好处，那时新婚，租了个旧式的榻榻米房子，前院一棵短榕树，屋后一片猛开的珊瑚藤，在树与藤之间的三十三平方米空间我们也不觉其小，如果不是被左牵右绊弄得人跌跌撞撞的书堆逼急了，我们不会狗急跳墙想到去买房子。不料这一买了房子，数年之间才发现自己也糊里糊涂地有了"百万身价"了，邱永汉说"贫者因书而富"，在我家倒是真有这么回事，只是说得正确点，应该是"贫者因想买房子当书柜而富"。

若干年后，我们陆续添了些书架。

又若干年后，我把属于我的书，一举搬到学校的研究室里，逢人就说，我已经安排了"书的小公馆"。书本经过这番大移民倒也相安了一段时候。但又过了若干年，仍然"书口膨胀"，我想来想去，打算把一面九尺高、二十尺长的墙完全做成书墙。

那时刚放暑假，我打算要好好玩上一票，生平没有学过室内装潢，但隐隐约约只觉得自己会喜欢上这件事。原来的计划只是整理前廊，并做个顶天立地的书橱，但没想到计划愈扯愈大。"一室之不治，何以天下为"？终于决定全屋子大翻修。

天热得要命，我深夜静坐，像入定的老僧，把整个房子思前想后参悟一番，一时之间，屋子的前世此世和来世都来到眼前，于是我无师自通地想好了步骤，第一，我要亲自到台北市去找材料，这些年来我已经愈来愈佩服"纯构想"了，如果市面上没有某种材料，设计图的构想就不成立。

我先去找瓷砖，有了地的颜色比较好决定房间的色调，瓷砖真是漂亮的东西——虽然也有让人恶心想吐的那种。我选了砖红色的窑变小方砖铺前廊，窑变砖看起来像烤得特别焦脆香滋的小饼，每一条纹路都仿佛火的图案，厨房铺土黄，浴室则铺深蓝的罗马瓷砖，为了省钱算准了数目只买二十七块。

两个礼拜把全台北的瓷砖看了个饱，又交了些不生不熟的卖瓷砖的朋友，我觉得无限得意。

厨房料理台的估价单出来了，光是不锈钢厨具竟要七八万，我吓呆了，我才不买那玩意，我自有办法解决。

到建国南路的旧料行去，那里原是我平日常去的地方，不买什么，只是为了转来转去地看看那些旧木料、桧木、杉木、香杉……静静地躺在阳光下、蔓草间。那天下午我驾轻就熟地去买了一条八尺长的旧杉木，只花了三十块钱，原想坐计程车回家，不料木料太长，放不进去，我就扛着它在夕阳时分走到信义路去搭公车，姿势颇像一个扛枪的小兵。回到家把木头刷上透明漆，纹理斑节像雕塑似的全显出来了，真是好看。我请工人把木头钉在墙上，木头上又钉些粗铁钉（那种钉有手指粗，还带一个九十度的钩，我在重庆北路买到的，据说原来是钉铁轨用的），水壶、水罐、平底锅就挂在上面，颇有点美国殖民地时期的风味。

其实，白亮的水壶，以及高雄船上卖出来的大肚水罐都是极漂亮的东西，花七八万块买不锈钢厨具来把它们藏起来太可惜了。我甚至觉得一只平底锅跟一个花钵是一样亮眼的东西，大可不必藏拙。

我决定在瓦斯炉下面做一个假的老式灶，我拒绝不了老灶的诱惑。小时候读过刘大白的诗，写村妇的脸被灶火映红的动人景象，不知道是不是那首诗作怪，我竟然真的傻里傻气地满台北去找生铁铸的灶门。有人说某个铁工厂有，有人说莺歌有，有人说后车站有，有人说万华有……我不管消息来源可靠不可靠，竟认真地一家一家地去问。我走到双连，那是我小时候住过的地方，走着走着，二三十年的台北在脚下像浪一样地涌动起来。我曾经多爱吃那小小圆圆中间有个小洞的芝麻饼，（咦！现在也不妨再买个来吃呀）我曾在挤得要死的人群里惊看野台戏中的蚌壳精如何在翻搅的海浪中载浮载沉。铁路旁原来是片大泥潭，那些大片的绿叶子已经记不得是芋头叶还是荷叶了，只记得有一次去采叶子几乎要陷下去，愈急愈拔不出脚来……

三十年，把一个小女孩走成一个妇人，双连，仍是熙熙攘攘的双连。而此刻走着走着，竟魔术似的，又把一个妇人走回为一个小女孩。

天真热，我一路走着，有点忘记自己是出来买灶门的了，猛然一惊，赶紧再走，灶门一定要买到，不然就做不成灶了。

"灶门是什么？"一个年轻的伙计听了我的话高声地问他的老头家。

我继续往前走，那家伙大概是太年轻了。

"你跟我到后面仓库去看看。"终于有一位老头答应我去翻库存旧货。

"哎哟，"他唠唠叨叨地问着，"台北市哪有人用灶门，你是怎么会想到用灶门的？"

天，真给他翻到了！价钱他已经不记得了，又在灰尘中去翻一本陈年账簿。

153

我兴冲冲地把灶门交给泥水工人去安装，他们一直不相信这东西还没有绝迹。

灶门里头当然没有烧得毕剥的木柴，但是我也物尽其用地放了些瓶瓶罐罐在肚子里。

不知道在台北市万千公寓里，有没有哪个厨房里有一个"假灶"的，我觉得在厨房里自苦了这么多年，用一个棕红色瓷砖砌的假灶来慰劳自己一下，是一件言之成理的事。自从有了这个灶，丈夫总把厨房当作观赏胜地引朋友来看，有些人竟以为我真的有一个灶，我也不去说破它。

给孩子们接生的英国大夫退休了，他有始有终地举行了结束仪式。过不久，那栋原来是诊所的日式房子就拆了。有一天，我心血来潮，想去看看那房子的旧址。曾经也是夏天，在那栋房子里，大夫曾告诉我初孕的讯息，我和丈夫，一路从那巷子里走出来，回家，心里有万千句话……孩子出生，孩子在诊所那小小的婴儿磅秤上愈称愈大，终于大到快有父母高了……

而医院，此刻是废墟，我想到那湮远的生老病死……

忽然，我低下头来，不得了，我发现了一些被工人拆散的木雕了，我趴在地上仔细一看，禁不住怦然心动，这样美丽！上有一幅松鼠葡萄，当下连忙抱了一堆回家。等天色薄暮了，才把训练尚未有素而脸皮犹薄的丈夫拉来，第二次的行动内容是拔了一些黄金葛，并且扛了一些乡下人坐的那种条凳，浩浩荡荡而归。

那种旧式的连绵的木雕有些破裂，我们用强力胶胶好，挂在前廊，又另外花四十元买了在旧料行草丛里翻出来的一块棕色的屋角瓦，

也挂在墙上，兴致一时弄得愈来愈高，把别人送的一些极漂亮的装潢参考书都傲气十足地一起推开，那种书看来是人为占地十二亩的房子设计的，跟我们没有关系，我对自己愈来愈有自信了。

我又在邻巷看中了一个陶瓮，想去"骗"来。

我走到那家人门口，向那老太婆买了一盆一百块钱的植物，她是个"业余园艺家"，常在些破桶烂缸里种些乱七八糟的花草，偶然也有人跟她买，她的要价不便宜，但我毫不犹豫地付了钱，然后假装漫不经心地指着陶瓮说："把那个附送给我好不好？"

"哦，从前做酒的，好多年不做了，你要就拿去吧！"

我高兴得快要笑出来，牛刀小试，原来我也如此善诈，她以为我是嫌盆栽的花盆太小，要移植到陶瓮里去。那老太婆向来很计较，如果让她知道我爱上那只陶瓮，她非猛敲一记不可。

陶瓮虽然只有尺许高，容量却惊人，过年的时候，我把向推车乡下人买来的大白菜和萝卜全塞进去，隐隐觉得有一种沉坠坠喜滋滋的北方农家地窖子里的年景。

过年的时候存放阳明山橘子的是一口小水缸，那缸也是捡来的，巷子里拆违章建筑的时候，原主人不要的。缸里平日放我想看而一时来不及看的报纸。

我们在桶店里买了两个木桶，上面还有竹质的箍子，大的那只装米，小的那只装糖，我用茶褐色把桶子的杉木料涂得旧兮兮的，放在厨房里。

婆婆有一只黑箱子，又老又笨，四面包着铁角，婆婆说要丢掉，我却喜欢它那副笨样子，要了来，当起居室的茶几。箱子里面是一家人的小箱子，我一直迷信着"每个孩子都是伴着一只小箱子长大的"，一只蝉壳，一张蝴蝶书笺，一个茧，一块石头，那样琐琐碎碎的一只小盒子的牵挂。然后，人长大了，盒子也大了，一口锅，一根针，一张书桌，一面容过两个人三个人四个人的镜子……有一天才发现箱子大成了房子，男孩女孩大成了男人女人，那个盒子就是家了。

我曾在彰化买过五个磬，由大到小一路排下去，现在也拿来放在书架上，每次累了，我就依次去敲一下，一时竟有点"古木无人径，深山何处钟"的错觉。

我一直没发现玩房子竟是这么好玩的，不知道别人看来，像不像在办"家家酒"？原来不搞壁纸，不搞地毯也是可以室内设计。

我第一次一个人到澎湖去的时候，曾惊讶地站在一家小店门口。

"那是什么？"

"鲸鱼的脊椎骨，另外那个像长刀的是鲸鱼的肋骨。"

"怎么会有鲸鱼的骨头的？"

"有一条鲸鱼，冲到岸上来，不知怎么死了，后来海水冲刷了不知多少年，只剩下白骨了，有人发现，捡了来，放在这里卖，要是刚死的鲸鱼，骨头里全是油，哪里能碰！"

"脊椎骨一截多少钱？"

"大的一截六百。"

我买了个最大的来，那样巨大的脊椎节，分三个方向放射开来，有些生物是死得只剩骨头也还是很尊严高贵的。

我第二次去澎湖的时候，在市场里转来转去，居然看到了一截致密的竹根牛轭，喜欢得不得了，我一向以为只有木料才可以做轭，没想到澎湖的牛拉竹轭。

"你买这个干什么？"

虽然我也跟别人一样付一百八十元，可是老板非常不以为然。我想告诉他，有一本书，叫《圣经》，其中马太福音里有一段是这样说的：

你们当负我的轭，学我的样式。

我又想说："负轭犁田的，岂止是牛，我们也得各自负起轭来，低着头，慢慢地走一段艰辛悠长的路。"

但我什么也没有说，只一路接受些并无恶意的怪笑，把那副轭和丈夫两人背回来。

对于摆设品，我喜欢诗中"无一字无来历"的办法，也就是说，我喜欢有故事有出身的东西。

而现在，鱼骨在客厅茶几上，像一座有宗教意味的香炉。轭在高墙上挂着，像一枚"受苦者的图腾"。

床头悬的是一箩筛，因为孔多，在台湾，人们结婚时用它预兆百子千孙。我们当然不想百子千孙，只想两子四孙，所以给筛子找了个"象征意义"，筛子也可以表示"精神绵延"，不过，这些都无关紧要，基本上我是从普通艺术的观点来惊看筛子的美感。筛子里放了两根路过新墨西哥州买的风干红玉米和杂色玉米，两根印第安人种的玉米，怎么会跑到中国人编的箩筛里来？也只能说是缘分吧！人跟物的聚散，或者物跟物的聚散，除了用缘分，你又能用什么解释呢？

除了这些,还有一种东西,我魂思梦思,却弄不到手,那就是石磨,太重了,没有缘,只好算了。

丈夫途经中部乡下买了两把秫秸扫把,算是对此番天翻地覆的整屋事件(作业的确从天花板弄到地板)的唯一贡献。我把它分别钉在墙上,权且当作画。帚加女就是"妇",想到自己做了半生的执帚人,心里渐渐浮起一段话,托人去问台静农先生可不可以写,台先生也答应了,那段话是这样的:

杜康以秫造酒,余则制帚,(意指"秫秸扫帚"为取秫造酒后的余物)酒令天下浊,帚令一古清,吾欲倾东海洗乾坤,以天下为一洒扫也。

我时而对壁发呆,不知怎么搞的,有时竟觉得台先生的书法已经悬在那里了,甚至,连我一直想在卧房门口挂的"有巢"和厨房里挂"燧人"斗方,也恍惚一并写好悬在那里了——虽然我还迟迟没去拜望书法家。

九月开学,我室内设计的狂热慢慢冷了,但我一直记得,那个暑假我玩房子玩得真愉快。

初绽的诗篇

白莲花

二月的冷雨浇湿了一街的路灯，诗诗。

生与死，光和暗，爱和苦，原来都这般接近。

而诗诗，这一刻，在待产室里，我感到孤独，我和你，在我们各人的世界里孤独，并且受苦。诗诗，所有的安慰，所有怜惜的目光为什么都那么不切实际？谁会了解那种疼痛，那种曲扭了我的身体，击碎了我的灵魂的疼痛，我挣扎，徒然无益的哭泣，诗诗，生命是什么呢？是崩裂自伤痕的一种再生吗？

雨在窗外，沉沉的冬夜在窗外，古老的炮仗在窗外，世界又宁谧又美丽，而我，诗诗，何处是我的方向？如果我死，这将是我躺过的最后一张床，洁白的，隔在待产室幔后的床。我留我的爱给你，爱是我的名字，爱是我的写真。有一天，当你走过蔓草荒烟，我便在那里向你轻声呼喊——以风声，以水响。

诗诗，黎明为什么这样遥远，我的骨骼在山崩，我的血液在倒流，我的筋络像被灼般地纠起,而诗诗,你在哪里?

他们推我入产房,诗诗,人间有比这更孤绝的地方吗?那只手被隔在门外——那终夜握着我的手,那多年前在月光下握我的手。他的目光,他的祈祷,他的爱,都被关在外面,而我,独自步向不可测的命运。

所有的脸退去,所有的往事像一只弃置的牧笛。室中间,一盏大灯俯向我仰起的脸,像一朵倒生的莲花,在虚无中燃烧着千层洁白。花是真,花是幻,花是一切,诗诗。

今夜太长,我已疲倦,疲于挣扎,我只想嗅嗅那朵白莲花,嗅嗅那亘古不散的幽香。

花是你,花是我,花是我们永恒的爱情,诗诗。

四月的迷迭香

似乎是四月,似乎是原野,似乎是蝶翅乱扑的花之谷。

"呼吸,深深地呼吸吧!"从遥远的地方,有那样温柔的声音传来。

我在何处,诗诗,疼痛渐远,我听见金属的碰撞声,我闻着那样沁人的香息。你在何处,诗诗。

"用力!已经看见头了!用力!"

诗诗,我是星辰,在崩裂中涣散。而你,诗诗,你是一颗全新的星,新而亮,你的光将照彻今夜。

诗诗,我望着自己,因汗和血而潮湿的自己,忽然感到十字架并不可怕,髑髅地并不可怕,荆棘冠冕并不可怕,孤绝并不可怕——如果有对象可以爱,如果有生命可为之奉献,如果有理想可前去流血。

"呼吸,深深地呼吸。"

何等的迷迭香,诗诗,我就浮在那样的花香里,浮在那样无所惧的爱里。

早晨已经来,万象寂然,宇宙重新回到太古,混沌而空虚,只有迷迭香,沁人如醉的迷迭香,诗诗,你在哪里?

我仍清楚地感到手术刀的宰割,我仍能感到温热的血在流,血,以及泪。

我仍感觉到我苦苦的等待。

歌手

像高悬的瀑布,你猝然离开了我。

"恭喜啊,是男孩。"

"谢谢。"我小声地说,安慰,而又悲哀。

我几乎可以听到他们剪断脐带的声音,我们的生命就此分割了,分割了,以一把利剪。诗诗,而今而后,虽然表面上我们将住在一个屋子里,我将乳养你,抱你,亲吻你,用歌声送你去每晚的梦中,但无论如何,你将是你自己了。你的眼泪,你的欢笑,都将与我无份,你将扇动你自己的羽翼,飞向你自己的晴空。

诗诗,可是我为什么哭泣,为什么我老想着要挽回什么。

世上有什么角色比母亲更孤单,诗诗,她们是注定要哭泣的,诗诗，容我牵你的手，让我们尽可能地接近。而当你飞翔时，容我站在较高的山头上，去为你担心每一片过往的云。

他们为什么不给我看你的脸，我疲惫地沉默着。但忽然，我听见你的哭。

那是一首诗，诗诗。这是一种怎样的和谐呢？啼哭，却充满欢欣，你像你的父亲，有着美好的 tenor（男高音）嗓子，我一听就知道。

而诗诗，我的年幼的歌手，什么是你的主题呢？一些赞美？一些感谢？一些敬畏？一些迷惘？但不管如何，它们感动了我，那样简单的旋律。

诗诗，让你的歌持续，持续在生命的死寂中。诗诗，我们不常听到流泉，我们不常听到松风，我们不常有伯牙，不常有瓦格纳，但我们永远有婴孩。有婴孩的地方便有音乐，神秘而美丽，像传抄自重重叠叠的天外。

诗诗，歌手，愿你的生命是一支庄严的歌，有声，或者无声，去充满人心的溪谷。

丁大夫和画

丁大夫来自很远的地方，诗诗，很远很远的爱尔兰，你不曾知道他，他不曾知道你。当他还是一个吹着风笛的小男孩，他何尝知道半个世纪以后，他将为一个黑发黑睛的孩子引渡？诗诗，是一双怎样的手安排他成为你所见到的第一张脸孔？

他有多么好看的金发和金眉，他和善的眼神和红扑扑的婴儿般的脸颊使人觉得他永远都在笑。

当去年初夏,他从化验室中走出来,对我说"恭喜你"的时候,我真想吻他的手。他明亮的浅棕色的眼睛里充满了了解和美善,诗诗,让我们爱他。

而今天早晨,他以钳子钳你巨大的头颅,诗诗,于是你就被带进世界。

当一切结束,终夜不曾好睡的他舒了一口气。有人在为我换干净的褥单,他忽然说:"看啊,我可以到巴黎去,我画得比他们好。"

满室的护士都笑了,我也笑,忽然,我才发现我疲倦得有多么厉害。

他们把那幅画拿走了,那幅以我的血我的爱绘成的画,诗诗,那是你所见的第一幅画,生和死都在其上,诗诗,此外不复有画。

推车,甜蜜的推车,产房外有忙碌的长廊,长廊外有既忧苦又欢悦的世界,诗诗。

丁大夫来到我的床边,和你愣然的父亲握手。

"让我们来祈祷。"他说,合上他厚而大的巴掌——那是医治者的掌,也是祈祷者的掌,我不知道我更爱他的哪一种掌。

"上帝,我们感谢你,

因为你在地上造了一个新的人,

保守他,使他正直,

帮助他,使他有用。"

诗诗,那时,我哭了。

诗诗,二十七年过去,直到今晨,我才忽然发现,什么是人,我才了解,什么是生存,我才彻悟,什么是上帝。

诗诗,让我们爱他,爱你生命中第一张脸,爱所有的脸——可爱的,以及不可爱的,圣洁的,以及有罪的,欢愉的,以及悲哀的。直爱到生命的末端,爱你黑瞳中最后的脸。

诗诗。

红樱

无端的,我梦见夹道的红樱。

梦中的樱树多么高,多么艳,我的梦遂像史诗中的特洛伊城,整个地被燃着了,我几乎可以听见火焰的噼啪声。

而诗诗,我骑一辆跑车,在山路上曲折而前。我觉得我在飞。

于是,我醒来,我仍躺在医院白得出奇的被褥上。那些樱花呢?那些整个春季里真正只能红上三五天的樱瓣呢?

因此就想起那些山水,那些花鸟,那些隔在病室之外的世界。诗诗,我曾狂热地爱过那一切,但现在,我却被禁锢,每天等待四小时一次的会面,等待你红于樱的小脸。

当你偶然微笑,我的心竟觉得容不下那么多的喜悦,所谓母亲,竟是那么卑微的一个角色。

但为什么,当我自一个奇特的梦中醒来,我竟感到悲哀。春花的世界似乎离我渐远了,那种悠然的岁月也向我挥手作别。而今而后,我只能生活在你的世界里,守着你的摇篮,等待你的学步,直到你走出我的视线。

我闭上眼睛，想再梦一次樱树——那些长在野外，临水自红的樱树，但它们竟不肯再来了。

想起十六岁那年，站在女子中学的花园里所感到的眩晕。那年春天，波斯菊开得特别放浪，我站在花园中间，四望皆花，真怕自己会被那些美所击昏。

而今，诗诗，青春的梦幻渐渺，余下唯一比真实更真实，比美善更美善的，那就是你。

但诗诗，你是什么呢？是我多梦的生命中最后的一梦吗？

祝福那些仍眩晕在花海中的少年，我也许并不羡慕他们。但为什么？诗诗，我感到悲哀，在白贝壳般的病房中，在红樱亮得人眼花的梦后。

在静夜里

你洞悉一切，诗诗，虽然言语于你仍陌生。而此刻，当你熟睡如谷中无风处的小松，让我的声音轻掠过你的梦。

如果有人授我以国君之荣，诗诗，我会退避，我自知并非治世之才。如果有人加我以学者之尊，我会拒绝，诗诗，我自知并非渊博之士。

但有一天，我被封为母亲，那荣于国君尊于学者的地位，而我竟接受。诗诗。因此当你的生命在我的腹中被证实，我便惶然，如同我所孕育的不只是一个婴儿，而是一个宇宙。

世上有何其多的女子，敢于自卑一个母亲的位分，这令我惊奇，诗诗。

我曾努力于做一个好的孩子，一个好的学生，一个好的教师，一个好的人。但此刻，我知道，我最大的荣誉将是一个好的母亲。

当你的笑意，在深夜秘密的梦中展现，我就感到自己被加冕。而当你哭，闪闪的泪光竟使东方神话中的珠宝全为之失色。当你的小膀臂如萝藤般缠绕着我，每一个日子都是神圣的母亲节。当你晶然的小眼望着我，遍地都开着五月的康乃馨。

因此，如果我曾给你什么，我并不知道。我只知道，你给我的令我惊奇，令我欢悦，令我感戴。

想象中，如果有一天你已长大，大到我们必须陌生，必须误解，那将是怎样的悲哀。故此，我们将尽力去了解你，认识你，如同岩滩之于大海。我愿长年地守望你，熟悉你的潮汐变幻，了解你的每一拍波涛。我将尝试着同时去爱你那忧郁沉静的蓝和纯洁明亮的白——甚至风雨之夕的灰浊。

如果我的爱于你成为一种压力，如果我的态度过于笨拙，那么，请你原谅我，诗诗，我曾诚实地期望为你作最大的给付，我曾幻想你是世间最幸福的孩童。如果我没有成功，你也足以自豪。

我从不认为"天下无不是的父母"，如果让全能者来裁判，婴儿永远纯洁于成人。如果我们之间有一人应向另一人学习，那便是我。帮助我，孩子，让我自你学习人间的至善。我永不会要求你顺承我，或者顺承传统，除了造物者自己，大地上并没有值得你顶礼膜拜的金科玉律。世间如果有真理，那真理自在你的心中。

若我有所祈求，若我有所渴望，那便是愿你容许我更多爱你，并容许我向你支取更多的爱。在这无风的静夜里，愿我的语言环绕你，如同远远近近的小山。

如果你是天使

如果你是天使，诗诗，我怎能想象如果你是天使。

若是那样，你便不会在夜静时啼哭，用那样无助的声音向我说明你的需要，我便不会在寒冷的冬夜里披衣而起，我便无法享受拥你在我的双臂中，眼见你满足地重新进入酣睡的快乐。

如果你是天使，诗诗，你便不会在饥饿时转动你的颈子，噘着小嘴急急地四下索乳。诗诗，你永不知道你那小小的动作怎样感动着我的心。

如果你是天使，在每个宁馨的午觉后，你便不会悄无声息地爬上我的大床，攀着我的脖子，吻我的两颊，并且咬我的鼻子，弄得我满脸唾津，而诗诗，我是爱这一切的。

如果你是天使，你不会钻在桌子底下，你便不会弄得满手污黑，你便不会把墨水涂得一脸，你便不会神通广大地把不知何处弄到的油漆抹得一身，但，诗诗，每当你这样做时，你就比平常可爱一千倍。

如果你是天使，你便不会扶着墙跌跌撞撞地学走路，我便无缘欣赏倒退着逗你前行的乐趣。而你，诗诗，每当你能够多走几步，你便笑倒在地，你那毫无顾忌的大笑，震得人耳麻，天使不会这些，不是吗？

并且，诗诗，天使怎会有属于你的好奇，天使怎会蹲在地下看一只细小的黑蚁，天使怎会在春天的夜晚讶然地用白胖的小手，指着满天的星月，天使又怎会没头没脑地去追赶一只笨拙的鸭子，天使怎会热心地模仿邻家的狗吠，并且学得那么酷似。

当你做坏事的时候，当你伸手去拿一本被禁止的书，当你蹑着脚走近花钵，你那四下溜目的神色又多么令人绝倒，天使从来不做坏事，天使温驯的双目中永不会闪过你做坏事时那种可爱的贼亮，因此，天使远比你逊色。

而每天早晨，当我拿起手提包，你便急急地跑过来抱住我的双腿，你哭喊、你撕抓，作无益的挽留——你不会如此的，如果你是天使——但我宁可你如此，虽然那是极伤感的时刻，但当我走在小巷里，你那没有掩饰的爱便使我哽咽而喜悦。

如果你是天使，诗诗，我便不会听到那样至美的学话的呀呀，我不会因听到简单的"爸爸""妈妈"而泫然，我不会因你说了串无意义的音符便给你那么多亲吻，我也不会因你在"爸妈"之外，第一个会说的字是"灯"便肯定灯是世间最美丽的东西。

如果你是天使，你决不会唱那样难听的歌，你也不会把小钢琴敲得那么刺耳，不会撕坏刚买的图画书，不会扯破新买的衣服，不会摔碎妈妈心爱的玻璃小鹿，不会因为一件不顺心的事而乱蹬着两条结实的小腿，并且把小脸涨得通红。但为什么你那小小的坏事使我觉得可爱，使我预感到你性格中的弱点，因而觉得我们的接近，并且因而觉得宠爱你的必要。

也许你会有更清澈的眼睛，有更红嫩的双颊，更美丽的金发和更完美的性格——如果你是天使。但我不需要那些，我只满意于你，诗诗，只满意于人间的孩童。

让天使们在碧云之上鼓响他们快乐的翅，我只愿有你，在我的梦中，在我并不强壮的臂膀里。

贝展

让我们去看贝壳展览，诗诗，让我们去看那光彩的属于海上的生命。

而海，诗诗，海多么遥远，那吞吐着千浪的海，那潜藏着鱼龙的海，那使你母亲的梦境为之芬芳的海。

海在何处？诗诗，它必是在千山之外，我已久违了那裂岸的惊涛，我已遗忘了那溺人的柔蓝，眼前只有贝，只有博物馆灯下的彩晕向我见证那澎湃的所在。

诗诗！这密雨的初夏，因一室的贝壳而忧愁了，那些多色的躯壳，似乎只宜于回响一首古老的歌，一段被人遗忘的诗。但人声嘈杂，人潮汹涌，有谁回顾那曾经蠕动的生命，有谁怜惜那永不能回到海中的旅魂。

而你，你童稚的黑睛中只曾看见彩色的斑斓，那些美丽于你似乎并不惊奇，所有的美好，在你都是一种必然，因你并不了解丑陋为何物。丑陋远在你的经验之外。

从某一个玻璃柜走过，我突然驻足不前，那收藏者的名字乍然刺痛了我，那曾经响亮的名字如今竟被压在一列寂寞的贝壳之下，记得他中年后仍炯然的双目，他的多年来仍时常夹着激愤的声音，但数年不见，何图竟在冷冷的玻璃板下遇见他的名字，想着他这些年的岁月，心中便凄然，而诗诗，你不会懂得这些——当然，也许有一天你会懂。啊，想到你会懂，我便欲哭。当初我的母亲何尝料到我会懂这一切，但这一天终会来的，伊甸园的篱笆终会倾倒。

且让我们看这些贝，诗诗，这些空洞的躯壳多么像一畦春花，明艳而闪烁。看那碎红，看那皎白，看那沉紫，看那腻黄，诗诗，看那悲剧性的生命。

六月的下午，诗诗，站在千形的贝前，我们怎得不垂泪，为死去的贝，为老去的拾贝人，为逸去的恋海的梦。

诗诗，不要抬起你惊异的小眼，不要探询，且把玩这一枚我为你买的透明的小贝。有一天，或许一天，我们把它带回海边，重放它入那一片不损不益的明蓝。

蝉鸣季

七月了，诗诗。蝉鸣如网，撒自古典的蓝空，蝉鸣破窗而来，染绿了我们的枕席。

诗诗，你的小嘴吱然作声，那么酷似地模仿着，像模仿什么美丽的咏叹调。而诗诗，蝉在何处，在尤加利最高的枝梢上，在晴空最低的流云上，抑或在你常红的两唇上。

而当你笑，把七月的绚丽，垂挂在你细眯的眼睫外，你可曾想及那悲剧的生命，那十几年在地下，却只留一夏在南来的熏风中的蝉？而当它歌唱，我们焉知那不是一种深沉的静穆？

蝉鸣浮在市声之上，蝉鸣浮在凌乱的楼宇之上，蝉鸣是风，蝉鸣是止不住的悲悯。诗诗，让我们爱这最后的，挣扎在城市里的音乐。

曾有一天黄昏，诗诗，曾有一天黄昏，你的母亲走向阳明山半山的林荫里，年轻人的营地里有一个演讲会。一折入那鼓着山风的小径，她的心便被回忆夺去。十年了，小径如昔，对面观音山的霞光如昔，千林的蝉声如昔。但十年过去，十年前柔蓝的长裙不再，十年前的马尾结不再，诗诗，我该坦然，或是驻足太息。

那一年，完整的四个季节，你的母亲便住在这山上，杜鹃来潮时，女孩子的梦便对着穿户的微云绽开。那男孩总是从这条山径走来——那男孩，诗诗，曾和你母亲在小径上携手的，会和你母亲在山泉中濯足的，现在每天黄昏抱你在他的膝上，让你用白蚕似的小指头去探他的胡碴。

诗诗，蝉声翻腾的小径里，十年便如此飞去。诗诗，那男孩和那女孩的往事被吹在茫然的晚风里，美丽，却模糊——如同另一个山头的蝉鸣。

偶低头，一只尚未脱皮的蝉正笨拙的走向相思林，微温的泥沾在它身上，一种说不出的动人。

她，你的母亲，或者说那女孩吧——我并不知道她是谁——把它捡起。

它的背上裂着一条神秘的缝，透过那条缝，壳将死，蝉将生，诗诗，蝉怎能不是一首诗。

那天晚上，灯下的蝉静静地层示出它黑艳的身躯，诗诗，这是给你的。诗诗，蝉声恒在，但我们只能握着今岁的七月，七月的风，风中的蝉。

七月一过，蝉声便老。熏风一过，蝉便不复是蝉，你不复是你。诗诗，且让我们听长夏欢悦而惆怅的咏叹词，听这生命的神秘跫音，响自这城市中最后的凉柯。

花担

诗诗，春天的早晨，我看见一个女人沿着通往城市的路走来。

她以一根扁担，担着两筐子花。诗诗你能不惊呼吗？满满两大筐水晶一般硬挺而透明的春花。

一筐在前，一筐在后，她便夹在两筐璀璨之间。半截青竹剖成的扁担微作弓形，似乎随时都准备要射发那两筐箭镞般的待放的春天。

淡淡的清芬随着她的脚步，一路散播过来。当农人在水田里插那些半吐的青色秧针，她便在黑柏油的路上插下恍惚的香气。诗诗，让我们爱那些香气，从春泥中酿成的香气。

当她行近，诗诗，当她的脸骤然像一张距离太近的画贴近我时，我突然怔住了。汗水自她的额际流下，将她的土布衫子弄湿了。我忍不住自责，我只见到那些缤纷的彩色，但对她而言，那是何等的负荷，她吃力地走着，并不强壮的肩膀被压得微微倾斜。

诗诗，生命是一种怎样的负担？

当她走远，我仍立在路旁，晨露未晞，青色的潮意四面环绕着我们。诗诗，我迷惘地望着她和她那逐渐没入市尘的模糊的花担。

她是快乐的呢？还是痛苦的呢？

诗诗，担着那样的担子是一种怎样的感觉呢？走这样的一段路又是怎样的一段路呢？想着想着，我的心再度自责，我没有资格怜悯她，我只该有敬意——对负重者的敬意。

那天早晨，当我们从路旁走开，我忽然感到那担子的重量也压在我的两肩上。所有美丽的东西似乎总是沉重的——但我们的痛苦便是我们的意义，我们的负荷便是我们的价值。诗诗，世上怎能有无重量的鲜花？人间怎能有廉价的美丽？

诗诗，且将你的小足举起，让我们沿着那女人走过的路回去。诗诗，当你的脚趾初履大地的那一天，荆棘和碎石便在前路上埋伏着了。诗诗，生命的红酒永远榨自破碎的葡萄，生命的甜汁永远来自压干的蔗茎。今年春天，诗诗，今年春天让我们试着去了解，去参透。诗诗，让我们不再祈祷自己的双肩轻松，让我们只祈祷我们挑着的是满筐满篓的美丽。

诗诗，愿今晨的意象常在我们心中，如同光热常在春阳中。

第一首诗

诗诗，冬天的黄昏，雨的垂帘让人想起江南，你坐在我的膝上，美好的宽额有如一块湿润的白玉。

于是，开始了我们的第一首诗：

床前明月光
疑是地上霜

举头望明月

低头思故乡

诗诗,简单的字,简单的旋律,只两遍,你就能上口了。你高兴地嚷着,把它当成一支新学会的歌,反复地吟诵,不满两岁的你竟能把抑扬顿挫控制得那么好。

满城的灯光像秋后的果实,一枚枚地在窗外亮了起来,我却木然地垂头,让泪水在渐沉的暮霭中纷落。

诗诗,诗诗,怎样的一首诗,我们的第一首诗。在这样凄惶的异乡黄昏,在窗外那样陌生的棕榈树下,我们开始了生命中的第一首诗,那样美好的,又那样哀伤的绝句。

八岁,来到这个岛上,在大人的书堆里搜出一本唐诗,糊里糊涂地背了好些,日子过去,结了婚,也生了孩子,才忽然了解什么是乡愁。想起那一年,被爷爷带着去散步,走着走着,天蓦地黑了,我焦急地说:

"爷爷,我们回家吧!"

"家?不,那不是家,那只是寓。"

"寓?"我更急了,"我们的家不是家吗?"

"不是,人只有一个家,一个老家,其他的地方都是寓。"

如果南京是寓,新生南路又是什么?

诗诗,请停止念诗吧,客中的孤馆无月也无霜。我不明白我为什么在冬日的黄昏里想起这首诗,更不明白为什么把它教给稚龄的你。诗诗,故乡是什么,你不会了解,事实上,连我也不甚了解。

除了那些模糊的记忆,我只能向故籍中去体认那"三秋桂子"的故国,那"十里荷香"的故国。但于你呢?永忘不了那天你在客人面前表演完了吟诗,忽然被突来的问题弄乱了手脚。

"你的故乡在哪里?"

你急得满房子乱找,后来却又宽慰地拍着口袋说:"在这里。"满堂的笑声中我却忍不住地心痛如绞。

在哪里呢?诗诗,一水之隔,一梦之隔,在哪里呢?

诗诗,当有一天,当你长大,当你浪迹天涯,在某一个月如素练的夜里,你会想起这首诗。

那时,你会低首无语,像千古以来每个读这首诗的人。那时候,你的母亲又将安在?她或许已阖上那忧伤多泪的眼,或许仍未阖上,但无论如何,她会记得,在那个宁静的冬日黄昏,她曾抱你在膝上,一起轻诵过那样凄绝的句子。

让我们念它,诗诗,让我们再念:

床前明月光
疑是地上霜
举头望明月
低头思故乡

母亲的羽衣

讲完了牛郎织女的故事,细看儿子已经垂睫睡去,女儿却犹自瞪着红红的眼睛。

忽然,她一把抱紧我的脖子把我赘得发疼:"妈妈,你说,你是不是仙女变的?"

我一时愣住,只胡乱应道:"你说呢?"

"你说,你说,你一定要说!"她固执地扳住我不放,"你到底是不是仙女变的?"

我是不是仙女变的?——哪一个母亲不是仙女变的?

像故事中的小织女,每一个女孩都曾住在星河之畔,她们织虹纺霓,藏云捉月,她们几曾烦心挂虑?她们是天神最偏怜的小女儿,她们终日临水自照,惊讶于自己美丽的羽衣和美丽的肌肤,她们久久凝注着自己的青春,被那份光华弄得痴然如醉。

而有一天,她的羽衣不见了,她换上了人间的粗布——她已经决定做一个母亲。有人说她的羽衣被锁在箱子里,她再也不能飞翔了。人们还说,是她丈夫锁上的,钥匙藏在极秘密的地方。

可是，所有的母亲都明白那仙女根本就知道箱子在哪里，她也知道藏钥匙的所在，在某个无人的时候，她甚至会惆怅地开启箱子，用忧伤的目光抚摸那些柔软的羽毛，她知道，只要羽衣一着身，她就会重新回到云端，可是她把柔软白亮的羽毛拍了又拍，仍然无声无息地关上箱子，藏好钥匙。

是她自己锁住那身昔日的羽衣的。

她不能飞了，因为她已不忍飞去。

而狡黠的小女儿总是偷窥到那藏在母亲眼中的秘密。

许多年前，那时我自己还是小女孩，我总是惊奇地窥伺着母亲。

她在口琴背上刻了小小的两个字——"静鸥"，那里面有什么故事吗？那不是母亲的名字，却是母亲名字的谐音，她也曾梦想过自己是一只静栖的海鸥吗？她不怎么会吹口琴，我甚至想不起她吹过什么好听的歌，但那名字对我而言是母亲神秘的羽衣，她轻轻写那两个字的时候，她可以立刻变了一个人，她在那名字里是另外一个我所不认识的有翅的什么。

母亲晒箱子的时候是她另外一种异常的时刻，母亲似乎有好些东西，完全不是拿来用的，只为放在箱底，按时年年在三伏天取出来暴晒。

记忆中母亲晒箱子的时候就是我兴奋欲狂的时候。

母亲晒些什么？我已不记得，记得的是樟木箱子又深又沉，像一个混沌黝黑初生的宇宙，另外还记得的是阳光下竹竿上富丽夺人的颜色，以及怪异却又严肃的樟脑味，以及我在母亲呵禁声中东摸摸西探探的快乐。

我唯一真正记得的一件东西是幅漂亮的湘绣被面，雪白的缎子上，绣着兔子和翠绿的小白菜，和红艳欲滴的小杨花萝卜，全幅上还绣了许多别的令人惊讶赞叹的东西，母亲一边整理，一面会忽然回过头来说："别碰，别碰，等你结婚就送给你。"

我小的时候好想结婚，当然也有点害怕，不知为什么，仿佛所有的好东西都是等结了婚就自然是我的了，我觉得一下子有那么多好东西也是怪可怕的事。

那幅湘绣后来好像不知怎么就消失了，我也没有细问。对我而言，那么美丽得不近真实的东西，一旦消失，是一件合理得不能再合理的事。譬如初春的桃花，深秋的枫红，在我看来都是美丽得违了规的东西，是茫茫大化一时的错误，才胡乱把那么多的美推到一种东西上去，桃花理该一夜消失的，不然岂不教世人都疯了？

湘绣的消失对我而言简直就是复归大化了。

但不能忘记的是母亲打开箱子时那份欣悦自足的表情，她慢慢地看着那幅湘绣，那时我觉得她忽然不属于周遭的世界，那时候她会忘记晚饭，忘记我扎辫子的红绒绳。她的姿势细想起来，实在是仙女依恋地轻抚着羽衣的姿势，那里有一个前世的记忆，她又快乐又悲哀地将之一一拾起，但是她也知道，她再也不会去拾起往昔了——唯其不会重拾，所以回顾的一刹那更特别的深情凝重。

除了晒箱子，母亲最爱回顾的是早逝的外公对她的宠爱，有时她胃痛，卧在床上，要我把头枕在她的胃上，她慢慢地说起外公。外公似乎很舍得花钱（当然也因为有钱），总是带她上街去吃点心，她总是告诉我当年的肴肉和汤包怎么好吃，甚至煎得两面黄的炒面

和女生宿舍里早晨订的冰糖豆浆（母亲总是强调"冰糖"豆浆，因为那是比"砂糖"豆浆更为高贵的）都是超乎我想象力之外的美味。

　　我每听她说那些事的时候，都惊讶万分——我无论如何不能把那些事和母亲联想在一起，我从有记忆起，母亲就是一个吃剩菜的角色，红烧肉和新炒的蔬菜简直就是理所当然地放在父亲面前的，她自己的面前永远是一盘杂拼的剩菜和一碗"擦锅饭"（擦锅饭就是把剩饭在炒完菜的剩锅中一炒，把锅中的菜汁都擦干净了的那种饭），我简直想不出她不吃剩菜的时候是什么样子。

　　而母亲口里的外公，上海、南京、汤包、肴肉全是仙境里的东西，母亲每讲起那些事，总有无限的温柔，她既不感伤，也不怨叹，只是那样平静地说着。她并不要把那个世界拉回来，我一直都知道这一点，我很安心，我知道下一顿饭她仍然会坐在老地方吃那盘我们大家都不爱吃的剩菜。而到夜晚，她会照例一个门一个窗地去检点去上闩。她一直都负责把自己牢锁在这个家里。

哪一个母亲不曾是穿着羽衣的仙女呢？只是她藏好了那件衣服，然后用最黯淡的一件粗布把自己掩藏了，我们有时以为她一直就是那样的。

而此刻，那刚听完故事的小女儿鬼鬼地在窥伺着什么？

她那么小，她何由得知？她是看多了卡通，听多了故事吧？她也发现了什么吗？

是在我的集邮本偶然被儿子翻出来的那一刹那吗？是在我拣出石涛画册或汉碑并一页页细味的那一刻吗？是在我猛然回首听他们弹一阕熟悉的钢琴练习曲的时候吗？抑或是在我带他们走过年年的春光，不由自主地驻足在杜鹃花旁或流苏树下的一瞬间吗？

或是在我动容地托住父亲的勋章或童年珍藏的北平画片的时候，或是在我翻拣夹在大字典里的干叶之际，或是在我轻声地教他们背一首唐诗的时候……

是有什么语言自我眼中流出呢？是有什么音乐自我腕底泻过吗？为什么那小女孩会问道："妈妈，你是不是仙女变的呀？"

我不是一个和千万母亲一样安分的母亲吗？我不是把属于女孩的羽衣收招得极为秘密吗？我在什么时候泄漏了自己呢？

在我的书桌底下放着一个被人弃置的木质砧板，我一直想把它挂起来当一幅画，那真该是一幅庄严的，那样承受过万万千千生活的刀痕和凿印的，但不知为什么，我一直也没有把它挂出来……

天下的母亲不都是那样平凡不起眼的一块砧板吗？不都是那样柔顺地接纳了无数尖锐的割伤却默无一语的砧板吗？

而那小女孩，是凭什么神秘的直觉，竟然会问我："妈妈？你

181

到底是不是仙女变的？"

我掰开她的小手，救出我被吊得酸麻的脖子，我想对她说："是的，妈妈曾经是一个仙女，在她做小女孩的时候，但现在，她不是了，你才是，你才是一个小小的仙女！"

但我凝注着她晶亮的眼睛，只简单地说了一句："不是，妈妈不是仙女，你快睡觉。"

"真的？"

"真的！"

她听话地闭上了眼睛，旋又不放心地睁开。

"如果你是仙女，也要教我仙法哦！"

我笑而不答，替她把被子掖好，她兴奋地转动着眼珠，不知在想什么。

然后，她睡着了。

故事中的仙女既然找回了羽衣，大约也回到云间去睡了。

风睡了，鸟睡了，连夜也睡了。

我守在两张小床之间，久久凝视着他们的睡容。

不识

父母能赐你以相似的骨肉与血脉，却从不与你一颗真正解读他们的心。

家人至亲，我们自以为极亲极爱了解的，其实我们所知道的也只是肤表的事件而不是刻骨的感觉。

父亲的追思会上，我问弟弟："追诉平生，就由你来吧，你是儿子。"

弟弟沉吟了一下，说："我可以，不过我觉得你知道的事情更多些，有些事情，我们小的没赶上。"

然而，我真的知道父亲吗？我们曾认识过父亲吗？我愕然不知怎么回答。

"小的时候，家里穷，除了过年，平时都没有肉吃，如果有客人来，就去熟肉铺子切一点肉，偶尔有个挑担子卖花生米、小鱼的人经过，我们小孩子就跟着那个人走。没的吃，看看也是好的，我们就这样跟着跟着，一直走，都走到隔壁庄子去了，就是舍不得回头。"

那是我所知道的，他最早的童年故事。我有时忍不住，想掏把钱塞给那九十年前的馋嘴小男孩，想买一把花生米、小鱼填填他的嘴……

我问我自己，你真的了解那小男孩吗？还是你只不过在听故事？如果你不曾穷过饿过，那小男孩巴巴的眼神你又怎么读得懂呢？

读完徐州城里的第七师范的附小，他打算读第七师范，家人带他去见一位堂叔，目的是借钱。

堂叔站起身来，从一把旧铜壶里掏出二十一块银圆。

堂叔的那二十一块银圆改变了父亲的一生。

我很想追上前去看一看那堂叔看着他的怜爱的眼神。他必是族人中最聪明的孩子，堂叔才慨然答应借钱的吧！听说小学时代，他每天上学都不从市内走路，嫌人车杂沓。他宁可绕着古城周围的城墙走，他一面走，一面大声背书。那意气飞扬的男孩，天下好像没有可以难倒他的事。

然而，我真认识那孩子吗？那个捧着二十一块银圆来向这个世界打天下的孩子。我平生读书不过只求缘尽兴而已，我大概不能懂得那一心苦读求上进的人，那孩子，我不能算是深识他。

"台湾出的东西，就是没老家的好！"父亲总爱这么感叹。

我有点反感，他为什么一定要坚持老家的东西比这里好呢？他离开老家都已经这么多年了。

"老家没有的就不说了，咱说有的，譬如这香椿，"他指着院子里的香椿树，台湾的，"长这么细细小小一株。在我们老家，那可是和榕树一样的大树咧！而且台湾是热带，一年到头都能长新芽，那芽也就不嫩了。在我们老家，只有春天才冒得出新芽来，忽然一下，所有的嫩芽全冒出来了，又厚又多汁，大人小孩全来采呀，采下来用盐一揉,放在格架上晾,那架子上腌出来的卤汁就呼噜——呼噜——地一直流,下面就用盆接着,那卤汁下起面来,那个香呀——"

我吃过韩国的盐腌香椿芽,从它的形貌看来,揣想它未腌之前一定也极肥厚,故乡的香椿芽想来也是如此。但父亲形容香椿在腌制的过程中竟会"呼噜——呼噜——"流汁,我被他言语中的象声词所惊动,那香椿树竟在我心里成为一座地标,我每次都循着那株香椿树去寻找父亲的故乡。

但我真的明白那棵树吗?

父亲晚年,我推轮椅带他上南京中山陵,只因他曾跟我说过:"总理下葬的时候,我是军校学生,上面在我们中间选了些人去抬棺材,我被选上了……"

他对总理一心崇敬——这一点,恐怕我也无法十分了然。我当然也同意孙中山是可敬佩的,但恐怕未必那么百分之百的心悦诚服。

"我们,那个时候……读了总理的书……觉得他讲的才是真有道理……"

能有一人令你死心塌地,生死追随,父亲应该是幸福的——而这种幸福,我并不能体会。

年轻时的父亲,有一次去打猎。一枪射出,一只小鸟应声而落,他捡起一看,小鸟已肚破肠流,他手里提着那温暖的肉体,看着那腹腔之内一一俱全的五脏,忽然决定终其一生不再射猎。

父亲在同事间并不是一个好相处的人,听母亲说有人给他起个外号叫"杠子手",意思是耿直不圆转。他听了也不气,只笑笑说"山难改,性难移",从来不屑于改正。然而在那个清晨,在树林里,对一只小鸟，他却生慈柔之心，誓言从此不射猎。

父亲的性格如铁如砧，却也如风如水——我何尝真正了解过他？

《红楼梦》第一百二十回，贾政眼看着光头赤脚身披红斗篷的宝玉向他拜了四拜，转身而去，消失在茫茫雪原里，说：

"竟哄了老太太十九年，如今叫我才明白。"

贾府上下数百人，谁又曾明白宝玉呢？家人之间，亦未必真能互相解读吧？

我于我父亲，想来也是如此无知无识。他的悲喜、他的起落、他的得意与哀伤、他的憾恨与自足，我哪都能一一探知、一一感同身受呢？

蒲公英的散蓬能叙述花托吗？

不，它只知道自己在一阵风后身不由己地和花托相失相散了，它只记得叶嫩花初之际，被轻轻托住的安全的感觉。它只知道，后来，就一切都散了，胜利的也许是生命本身，草原上的某处，会有新的蒲公英冒出来。

我终于明白，我还是不能明白父亲。至亲如父女，也只能如此。

我觉得痛，却亦转觉释然，为我本来就无能认识的生命，为我本来就无能认识的死亡，以及不曾真正认识的父亲。原来没有谁可以彻骨认识谁，原来，我也只是如此无知无识。

绿色的书简

梅梅、素素、圆圆、满满、小弟和小妹：

当我一口气写完了你们六个名字，我的心中开始有着异样的感动，这种心情恐怕很少有人会体会的，除非这人也是五个妹妹和一个弟弟的姐姐，除非这人的弟妹也像你们一样惹人恼又惹人爱。

此刻正是清晨，想你们也都起身了吧？真想看看你们睁开眼睛时的样子呢：六个人，刚好有一打亮而圆的紫葡萄眼珠儿，想想看，该有多可爱——十二颗滴溜溜的葡萄珠子围着餐桌，转动着、闪耀着，真是一宗可观的财富啊！

现在，太阳升上来，雾渐渐散去，原野上一片渥绿，看起来绵软软的，让我觉得即使我不小心，从这山上摔了下去，也不会擦伤一块皮的，顶多被弹两下，沾上一袜子洗不掉的绿罢了。还有那条绕着山脚的小河，也泛出绿色了，那是另外一种绿，明晃晃的，像是抹了油似的；至于山，仍是绿色，却是一堆浓郁郁的黛绿，让人觉得，无论从哪里下手，都不能拨开一条小缝儿的，让人觉得，即使刨开它两层下来，它的绿仍然不会减色的。此外，我的纱窗也是绿的，极浅极浅的绿，被太阳一照，当真就像古美人的纱裙一样缥缈了。你们想，我在这样一个染满了绿意的早晨和你们写信，我的心里又焉能不充溢着生气勃勃的绿呢？

这些年来我很少和你们写信，每次想起来心中总觉得很愧疚，其实我何尝忘记过你们呢？每天晚上，当我默默地说："求全能的天父看顾我的弟弟妹妹。"我的心情总是激动的，而你们六张小脸便很自然地浮现在我脑中，每当此际，我要待好一会儿才能继续说下去。我常想要告诉你们，我是何等喜欢你们，尽管我们拌过嘴，打过架，赌咒发誓不跟对方说话，但如今我长大了，我便明白，我们原是一块珍贵的绿宝石，被一双神奇的手凿成了精巧的七颗，又系成一串儿。弟弟妹妹们，我们真该常常记得，我们是不能分割的一串儿！

前些日子我曾给妈妈寄了一张毕业照去，不知道你们看到没有，我想你们对那顶方帽子都很感兴趣吧？我却记得，当我在照相馆中换上了那套学士服的时候，眼眶中竟充满了泪水。我常想，奋斗四年，得到一个学位，混四年何尝不也得一个学位呢？所不同的，大概唯有冠上那顶帽子时内心的感受吧！我记得那天我曾在更衣镜前痴立了许久，我想起了我们的祖父，他赶上一个科举甫废的年代，什么功名也没有取得；我也想起了我们的父亲，他是个半生戎马的军人，当然也就没有学位可谈了。则我何幸成为这家族中的第一个获得学士学位的人？这又岂是我一人之功，生长于这种乱世，而竟能在免于冻馁之外，加上进德修业的机会，上天何其钟爱我！

我不希望这是我们家仅有的一顶方帽子，我盼望你们也能去争取它。真盼望将来有一天，我们老了，大家把自己的帽子和自己儿孙的帽子都陈设出来，足足地堆上一间屋子。（记得吗？"一屋子"是我们形容数目的最高级形容词，有时候，一千一万一亿都及不上它的）。

在那顶帽子之下，你们可以看到我新剪的短发，那天为了照相，勉强修饰了一下，有时候，实在乱得不像样，我却爱引用肯尼迪总统在别人攻击他头发时所说的一句话，他说："我相信所有治理国家的东西，是长在头皮下面，而不是上面。"为了这句话，我就愈发忘形了，无论是哪一种发式，我都很少把它弄得服帖过，但我希望你们不要学我，尤其是妹妹们，更应该时常修饰得整整齐齐，妇容和妇德是同样值得重视的。

当然，你们也会看到在头发下面的那双眼，尽管它并不晶莹美丽，像小说上所形容的，但你们可曾在其中发现一丝的昏暗和失望吗？没有，你们的姐姐虽然离开家，到一个遥远的陌生地去求学，但她从来没有让目光下垂过，让脚步颓唐过，她从来不沮丧，也不灰心，你们都该学她，把眼睛向前看，向那无比远大的前程望去。

你们还看见什么呢？看到那件半露在学生服外的新旗袍了吧？你们同学的姐姐可能也有一件这样的白旗袍，但你们可以骄傲，因为你们姐姐的这件和她们的或有所不同，因为我是用脑和手去赚得的，不久以后你们会发现，一个人靠努力赚得自己的衣食，是多么快乐而又多么骄傲的一件事。

189

最后，你们必定会注意到那件披在外面，宽大而严肃的学士服，爱穿新衣服的小妹也许很想试试吧？其实这衣服并不好看，就如获得它的过程并不平顺一样，人生中有很多东西都是这样的。美丽耀眼的东西在生活中并不多见，而获得任何东西的过程，却没有不艰辛的。

我费了这些笔墨，我所想告诉你们的岂是一张小照片吗？我何等渴望让你们了解我所了解的，付上我所付上的，得着我所得着的，我何等地企望，你们都能赶上我，并且超越我！

梅梅也许是第一个步上这条路的，因为你即将高中毕业了，我希望你在最后两个月中发愤读点书。我一向认为你是很聪明的，也许是因为聪明的缘故，你对教科书丝毫不感兴趣。其实以往我何尝甘心读书，我是宁愿到校园中去统计每一朵玫瑰花儿的瓣儿，也不屑去做代数习题的。但是，妹妹，无论如何，我们不能勉强每一件事都如我们的意，我们固然应该学我们所爱好的东西，却也没有理由摒弃我们所不感兴趣的东西。我知道你也喜欢写作的，前些日子我偶然从一个同学的剪贴簿上发现我们两个人的作品，私心窃喜不已，这证明我们两人的作品不但被刊载，也被读者所喜爱，我为自己欣慰，更为你欣慰，你是有前途的，不要就此截断你上进的路。大学在向你招手，你来吧，大学会训练你的思想，让你通过这条路而渐渐臻于成熟和完美。

素素读的是商职，这也是好的，我们家的人都不长于计算，你好好地读，倒也可以替大家出一口气。最近家中的芒果和橄榄都快熟了，你一向好吃零食，小心别又弄得胃痛了。你有一个特点，就是喜欢漂亮的衣服，其实这也不算坏事，正好可以补我不好打扮的短处，只是还应该把自己喜欢衣服的心推到别人身上去，像杜甫一样，以天下的寒士为念。再者，将来你不妨用自己的努力去换取你所心爱的东西，这样，正如我刚才所说的，你不但能享受"获得"的喜悦，还能享受"去获得"的喜悦。

圆圆，你正是十四岁，我很了解你这种年龄的孩子，这一段日子是最不好受的了，自己总弄不清楚该算成人还是小孩，不过，时间自会带你度过这个关口。你的英文和数学总不肯下功夫，这也是我的老毛病，如今我渐渐感到自己在这方面吃了不少的亏，你才初二，一切从头做起，并不为晚，许多人一生的资源，都是在你这种年龄的时候贮存的。我知道，你是可造之才，我期待着看你成功，看到你初中毕业、高中毕业、大学毕业……你小时候，我的同学们每次看到你便喜欢叫你"小甜甜"，我希望你不仅让别人从你的微笑里领到一份甜蜜，更该让父母和一切关切你的人，从你的成功而得到更大的甜蜜。

至于满满，你才读小学四年级，我常为你早熟的思想担忧。五岁的时候，你画的人头已不逊于任何一位姐姐了，六岁的时候，居然能用注音字母拼着编出一本简单的故事，并且还附有插图呢！你常常恃才不好读书，而考试又每每名列前茅。其实，我并不欣赏你这种成功，我希望每一个人都尽自己的力，不管他的才分如何，上天并没有划定一批人，准许他们可以单凭才气而成功。你还有一个严重的缺点，就是好胜心太强，不管是吃的、是穿的、是用的，你从来不肯输给别人，

191

往往为了一句话，竟可以负气忍一顿饿。记得我说你是"气包子"吗？实在和人争并不是一件好事，原来你在姐妹中可以算作最漂亮的一个。可是你自己那副恶煞的神气，把你的美全破坏了。渐渐地，你会明白，所谓美，不是尼龙小蓬裙所能撑起来的，也不是大眼睛和小嘴巴所能凑成的，美是一种说不出的品德，一种说不出的气质，也许现在你还不能体会，将来你终会领悟的。

弟弟，提到你，我不由得振奋了，虽说重男轻女的时代早已过去，但你是我们家唯一的男孩，无论如何，你有着更重要的位置。最近你长胖一点了吧？早几年我们曾打过好几架，也许再过两年我便打不过你了。在家里，我爱每一个妹妹，但无疑的，我更期望你的成功。我属蛇，你也属蛇，我们整整差了一个生肖，我盼望一个弟弟，盼望了十二年，我又焉能不偏疼你？当然我的意思并不是说我要对你宽大一点，相反地，我要严严地管你，紧紧盯你，因为，你是唯一继承大统的，你只能成功，不能失败。

我们常爱问你长大后要做什么，你说要沿着一条街盖上几栋五层楼的百货公司，每个姐姐都分一栋，并且还要在阳台上搭一块板子，彼此沟通，大家便可以跳来跳去地玩。你想得真美，弟弟，我很高兴你是这样一个纯真可爱、而又肯为别人着想的小男孩。

你也有缺点的，你太好哭了，缺乏一点男孩子气，或许是姐妹太多的缘故吧？梅姐曾答应你，只要你有一周不哭的记录，便带你去钓鱼，你却从来办不到，不是太可惜吗？弟弟，我不是反对哭，英雄也是会落泪的，但为了丢失一个水壶而哭，却是毫无道理的啊！人生的路上荆棘多着呢，那些经历将把我们刺得遍体流血，如果你现在不能忍受这一点的不顺,将来你怎能接受人生更多的磨炼呢?

最后,小妹妹,和你说话真让我困扰,你太顽皮,太野,你真该和你哥哥调个位置的。记得我小时候,总是梳着光溜溜的辫子,会在妈妈身边,听七个小矮人的故事,你却爱领着四邻的孩子一同玩泥沙,直弄得浑身上下像个小泥人儿,分不出哪是眉毛,哪是脸颊,才回来洗澡。我无法责备你,你总算有一个长处——你长大以后,一定比我活泼,比我勇敢,比我能干。将来的时代,也许必须你这种典型才能适应。

你还小,有很多话我无法让你了解,我只对你说一点,你要听父母和老师的话,听哥哥姐姐的话,其实,做一个听话者比一个施教者是幸福多了,我常期待仍能缩成一个小孩,像你那样,连早晨起来穿几件衣服也不由自己决定,可惜已经不可能了。

我写了这样多,朝阳已经照在我的信笺上了,你们大概都去上学了吧?对了,你们上学的路上,不也有一片稻田吗?你们一定会注意到那新稻的绿,你们会想起你们的姐姐吗?——那生活在另一处绿色天地中的姐姐。那么,我教你们,你们应该仰首对穹苍说:"求天父保佑我们在远方的晓姐姐,叫他走路时不会绊脚,睡觉时也不会着凉。"

现在,我且托绿衣人为我带去这封信,等傍晚你们放学回家,它便躺在你们的书桌上。我希望你们不要抢,只要静静地坐成一个圈儿,由一个读给大家听。读完之后,我盼望你们中间某个比较聪明的会站起来,望着庭中如盖的绿树,说:

193

"我知道，我知道姐姐为什么写这封信给我们，你们看，春天来了，树又绿了，姐姐要我们也像春天的绿树一样，不停地向上长进呢！"

当我在逆旅中，遥遥地从南来的熏风中辨出这句话，我便要掷下笔，满意地微笑了。

你真好,你就像我少年伊辰

她坐在淡金色的阳光里,面前堆着的则是一堆浓金色的柑仔。是那种我最喜欢的圆紧饱甜的"草山桶柑"。而卖柑者向来好像都是些老妇人,老妇人又一向都有张风干橘子似的脸。这样一来,真让人觉得她和柑仔有点什么血缘关系似的,其实卖番薯的老人往往有点像番薯,卖花的小女孩不免有点像花蕾。

那是一条僻静的山径,我停车,蹲在路边,跟她买了十斤柑仔。

找完了钱,看我把柑仔放好,她朝我甜蜜温婉地笑了起来——连她的笑也有蜜柑的味道——她说:"啊,你这查某(女人)真好,我知,我看就知——"

我微笑,没说话,生意人对顾客总有好话说,可是她仍抓住话题不放:"你真好——你就像我少年伊辰一样——"

我一面赶紧谦称"没有啦",一面心里暗暗好笑起来——奇怪啊,她和我,到底有什么是一样的呢?我在大学的讲堂上教书,我出席国际学术会议,我驾着车在山径御风独行。在台湾,在香港,在北京,我经过海关关口,关员总会抬起头来说:"啊,你就是张晓风?"而她只是一个老妇人,坐在路边,卖她今晨刚摘下来的柑仔。她却说,她和我是一样的,她说得那样安详笃定,令我不得不相信。

转过一个峰口,我把车停下来,望着层层山峦,慢慢反刍她的话。那袋柑仔个个沉实柔腻,我取了一个掂了掂。柑仔这东西,连摸在手里都有极好的感觉,仿佛它是一枚小型的液态的太阳,可食、可触、可观、可嗅。

不,我想,那老妇人,她不是说我们一样,她是说,我很好,好到像她生命中最光华的那段时间一样。不管我们的社会地位有多大落差,在我们共同对这一堆金色柑仔的时候,她看出来了,她轻易地就看出来了,我们的生命基本上是相同的。我们是不同的歌手,却重复着生命本身相同的好旋律。

少年时的她是怎样的?想来也是个有着一身精力,上得山下得海的女子吧?她背后山坡上的那片柑仔园,是她一寸寸拓出来的吧?那些柑仔树,年年把柑仔像喷泉一样从地心挥洒出来,也是她当日一棵棵栽下去的吧?满屋子活蹦乱跳的小孩,无疑也是她一手乳养长大的吧?她想必有着满满实实的一生。而此刻,在冬日山径的阳光下,她望见盛年的我向她走来购买一袋柑仔,她却像卖给我她长长的一生,她和一整座山的龃龉和谅解,她的伤痕她的结痂。但她没有说,她只是温和地笑。她只是相信,山径上总有女子走过——跟她少年时一样好的女子,那女子也会走出沉沉实实的一生。

我把柑仔瓣开,把金船似的小瓣食了下去。柑仔甜而饱汁,我仿佛把老妇的赞许一同咽下。我从山径的童话中走过,我从烟岚的奇遇中走过,我知道自己是个好女人——好到让一个老妇想起她的少年,好到让人想起汗水、想起困厄、想起歌、想起收获、想起喧闹而安静的一生。

一个女人的爱情观

忽然发现自己的爱情观很土气，忍不住笑了起来。

对我而言，爱一个人就是满心满意要跟他一起"过日子"，天地鸿蒙荒凉，我们不能妄想把自己扩充为六合八方的空间，只希望彼此的火烬把属于两人的一世时间填满。

客居岁月，暮色里归来，看见有人当街亲热，竟也视若无睹，但每看到一对人手牵手提着一把青菜一条鱼从菜场走出来，一颗心就忍不住恻恻地痛了起来，一蔬一饭里的天长地久原是如此味永难言啊！相拥的那一对也许今晚就分手，但一鼎一镬里却有其朝朝暮暮的恩情啊！

爱一个人原来就只是在冰箱里为他留一只苹果，并且等他归来。

爱一个人就是在寒冷的夜里不断在他杯子里斟上刚沸的热水。

爱一个人就是喜欢两人一起收尽桌上的残肴，并且听他在水槽里刷碗的音乐——事后再偷偷地把他不曾洗干净的地方重洗一遍。

爱一个人就有权利霸道地说："不要穿那件衣服，难看死了。穿这件，这是我新给你买的。"

爱一个人就是一本正经地催他去工作，却又忍不住躲在他身后想捣几次小小的蛋。

爱一个人就是在拨通电话时忽然不知道要说什么，才知道原来只是想听听那熟悉的声音，原来真正想拨通的，只是自己心底的一根弦。

爱一个人就是把他的信藏在皮包里，一日拿出来看几回、哭几回、痴想几回。

爱一个人就是在他迟归时想上一千种坏可能，在想象中经历万般劫难，发誓等他回来要好好罚他，一旦见面却又什么都忘了。

爱一个人就是在众人暗骂："讨厌！谁在咳嗽！"你却急道："唉，唉，他这人就是记性坏啊，我该买一瓶川贝枇杷膏放在他的背包里的！"

爱一个人就是上一刻钟想把美丽的恋情像冬季的松鼠秘藏坚果一般，将之一一放在最隐秘最安妥的树洞里，下一刻钟却又想告诉全世界这骄傲自豪的消息。

爱一个人就是在他的头衔、地位、学历、经历、善行、劣迹之外，看出真正的他不过是个孩子——好孩子或坏孩子——所以疼了他。

也因，爱一个人就是喜欢听他儿时的故事，喜欢听他有几次大难不死，听他如何淘气惹厌，怎样善于玩弹珠或打"水漂漂"，爱一个人就是忍不住替他记住了许多往事。

爱一个人就不免希望自己更美丽，希望自己被记得，希望自己的容颜体貌在极盛时于对方如霞光过目，永不相忘，即使在繁花谢树的冬残，也有一个人沉如历史典册的瞳仁可以见证你的华采。

爱一个人总会不厌其烦地问些或回答些傻问题，例如："如果我老了，你还爱我吗？""爱。""我的牙都掉光了呢？""我吻你的牙床！"

爱一个人便忍不住迷上那首《白发吟》：

亲爱，我年已渐老
白发如霜银光耀
唯你永是我爱人
永远美丽又温柔……

爱一个人常是一串奇怪的矛盾，你会依他如父，却又怜他如子；尊他如兄，又复宠他如弟；想师事他，跟他学，却又想教导他，把他俘虏成自己的徒弟；亲他如友，又复气他如仇；希望成为他的女皇，他唯一的女主人，却又甘心做他的小丫鬟小女奴。

爱一个人会使人变得俗气，你不断地想：晚餐该吃牛舌好呢，还是猪舌？蔬菜该买大白菜呢，还是小白菜？房子该买在三张犁呢，还是六张犁？而终于在这份世俗里，你了解了众生，你参与了自古以来匹夫匹妇的微不足道的喜悦与悲辛，然后你发觉这世上有超乎雅俗之上的情境，正如日光超越调色盘上的色样。

爱一个人就是喜欢和他拥有现在，却又追忆着和他在一起的过去。喜欢听他说，那一年他怎样偷偷喜欢你，远远地凝望着你。爱一个人又总期望着未来，想到地老天荒的他年。

爱一个人便是小别时带走他的吻痕，如同一幅画，带着鉴赏者的朱印。

爱一个人就是横下心来，把自己小小的赌本跟他合起来，向生命的大轮盘去下一番赌注。

爱一个人就是让那人的名字在临终之际成为你双唇间最后的音乐。

爱一个人，就不免生出共同的、霸占的欲望。想认识他的朋友，想了解他的事业，想知道他的梦。希望共有一张餐桌，愿意同用一双筷子，喜欢轮饮一杯茶，合穿一件衣，并且同衾共枕，奔赴一个命运，共寝一个墓穴。

前两天，整理房间时，理出一只提袋，上面赫然写着"××孕妇服装中心"，我愕然许久，既然这房子只我一人住，这只手提袋当然是我的了，可是，我何曾跑到孕妇店去买衣服？于是不甘心地坐下来想，想了许久，终于想出来了。我那天曾去买一件斗篷式的土褐色短裙，便是用这只绿袋子提回来的，我是的确闯到孕妇店去买衣服了。细想起来那家店的模样儿似乎都穿着孕妇装，我好像正是被那种美丽沉甸的繁殖喜悦所吸引而走进去的。这样说来，原来我买的那件宽松适意的斗篷式短褛竟真是给孕妇设计的。

这里面有什么心理分析吗？是不是我一直追忆着怀孕时强烈的酸苦和欣喜而情不自禁地又去买了一件那样的衣服呢？想多年前冬夜独起，灯下乳儿的寒冷和温暖便一下涌回心头，小儿吮乳的时候，你多么希望自己的生命就此为他竭泽啊！

对我而言，爱一个人，就不免想跟他生一窝孩子。

当然，这世上也有人无法生育，那么，就让共同作育的学生，共同经营的事业，共同爱过的子侄晚辈，共同谱成的生活之歌，共同写完的生命之书来做他们的孩子。

也许还有更多更多可以说的，正如此刻，爱情对我的意义是终夜守在一盏灯旁，听车声退潮再复涨潮，看淡紫的天光愈来愈明亮，凝视两人共同凝视过的长窗外的水波，在矛盾的凄凉和欢喜里，在知足感恩和渴切不足里细细体会一条河的韵律，并且写一篇叫《爱情观》的文章。

矛盾篇之一

爱我更多，好吗？

爱我更多，好吗？

爱我，不是因为我美好，这世间原有更多比我美好的人。爱我，不是因为我的智慧，这世间自有数不清的智者。爱我，只因为我是我，有一点好、有一点坏、有一点痴的我，古往今来独一无二的我，爱我，只因为我们相遇。

如果命运注定我们走在同一条路上，碰到同一场雨，并且共遮于同一把伞下，那么，请以更温柔的目光俯视我，以更固执的手握紧我，以更和暖的气息贴近我。

爱我更多，好吗？唯有在爱里，我才知道自己的名字，知道自己的位置，并且惊喜地发现自身的存在。所有的石头只是石头，漠漠然冥顽不化，只有受日月精华的那一块会猛然爆裂，跃出一番欢忻忻悦的生命。

爱我更多，好吗？因为知识使人愚蠢，财富使人贫乏，一切的攫取带来失落，所有的高升令人沉陷，而且，每一项头衔都使我觉得自己的面目更为模糊起来。人生一世如果是日中的赶集，则我的囊橐空空，不是因为我没有财富而是因为我手中的财富太大，它是一块完整而不容割切的金子，我反而无法用它去购置零星的小件，我只能用它孤注一掷来购置一份深情，爱我更多，好让我的囊橐满胀而沉重，好吗？

爱我更多，好吗？因为生命是如此仓促，但如果你肯对我怔怔凝视，则我便是上戏的舞台，在声光中有高潮的演出，在掌声中能从容优雅地谢幕。

我原来没有权利要求你更多的爱，更多的激情，但是你自己把这份权利给了我，你开始爱我，你授我以柄，我才能如此放肆、如此任性来要求更多。能在我的怀中注入更多醇醪吗？肯为我的炉火添加更多柴薪否？我是饕餮的，我是贪得无厌的，我要整个春山的花香，整个海洋的月光，可以吗？

爱我更多，就算我的要求不合理，你也应允我，好吗？

爱我少一点，我请求你

爱我少一点，我请求你。

有一个秘密，不知道该不该告诉你，其实，我爱的并不是你，当我答应你的时候，我真正的意思是：我愿意和你在一起，一起去爱这个世界，一起去爱人世，并且一起去承受生命之杯。

所以，如果在春日的晴空下你肯痴痴地看一株粉色的寒绯樱，

203

你已经给了我最美丽的示爱。如果你虔诚地站在池畔看三月雀榕树上的叶苞如何——骄傲专注地等待某一定时定刻的爆放，我已一世感激不尽。你或许不知道，事实上那棵树就是我啊！在春日里急于释放绿叶的我啊！至于我自己，爱我少一点吧！我请求你。

爱我少一点，因为爱使人痴狂，使人颠倒，使人牵挂，我不忍折磨你。如果你一定要爱我，且爱我如清风来水面，不黏不滞。爱我如黄鸟度青枝，让飞翔的仍去飞翔，扎根的仍去扎根，让两者在一刹那的相逢中自成千古。

爱我少一点，因为"我"并不只住在这一百六十厘米的身高中，并不只容纳于这方趾圆颅内。请在书页中去翻我，那里有缔造我骨血的元素；请到闹市的喧哗纷杂中去寻我，那里有我的哀恸与关怀；并且尝试到送殡的行列里去听我，其间有我的迷惑与哭泣；或者到风最尖啸的山谷，浪最险恶的悬崖，落日最凄艳的草原上去探我，因为那些也正是我的悲怆和叹息。我不只在我里，我在风我在海我在陆地我在星，你必须少爱我一点，才能去爱那藏在大化中的我。等我一旦烟消云散，你才不致猝然失去我，那时，你仍能在蝉的初吟、月的新圆中找到我。

爱我少一点，去爱一首歌好吗？因为那旋律是我；去爱一幅画，因为那流溢的色彩是我；去爱一方印章，我深信那老拙的刻痕是我；去品尝一坛佳酿，因为坛底的醉意是我；去珍惜一幅编织，那其间的纠结是我；去欣赏舞蹈和书法吧——不管是舞者把自己挥洒成行草篆隶，或是寸管把自己飞舞成腾跃旋挫，那其间的狂喜和收敛都是我。

爱我少一点，我请求你，因为你必须留一点柔情去爱你自己。

因我爱你，你便不再是你自己，你已是我的一部分，所以，把爱我的爱也分回去爱惜你自己吧！

听我最柔和的请求，爱我少一点，因为春天总是太短太促太来不及，因为有太多的事等着在这一生去完成、去偿还，因此，请提防自己，不要爱我太多，我请求你。

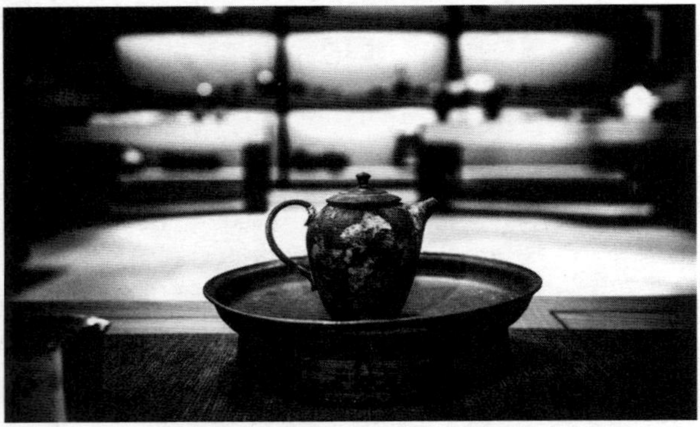

伍 · 人世几回

给我一个解释,
我就可以再相信一次人世,
我就可以接纳历史,
我就可以义无反顾地拥抱这荒凉的城市。

给我一个解释

一

后来，就再也没有见过那么美丽的石榴。石榴装在麻包里，由乡下亲戚扛了来。石榴在桌上滚落出来，浑圆艳红，微微有些霜溜过的老涩，轻轻一碰就要爆裂。爆裂以后则恍如什么大盗的私囊，里面紧紧裹着密密实实的、闪烁生光的珠宝粒子。

那时我五岁，住南京，那石榴对我而言是故乡徐州的颜色，一生一世不能忘记。

和石榴一样难忘的是乡亲讲的一个故事，那人口才似乎不好，但故事却令人难忘：

"从前，有对兄弟，哥哥老是会说大话，说多了，也没人肯信了，但他兄弟人好，老是替哥哥打圆场。有一次，他说：'你们大概从来没有看过刮这么大的风——把我家的井都刮到篱笆外头去啦！'大家不信，弟弟说：'不错，风真的很大，但不是把井刮到篱笆外头去了，是把篱笆刮到井里头来！'"

我偏着小头，听这离奇的兄弟，自己也不知道自己被什么所感动。只觉得心头沉甸甸的，跟装满美丽石榴的麻包似的，竟怎么也忘不了那故事里活灵活现的两兄弟。

四十年来家国，八千里地山河，那故事一直尾随我，连同那美丽如神话如魔术的石榴，全是我童年时代好得介乎虚实之间的东西。

四十年后，我才知道，当年感动我的是什么——是那弟弟娓娓的解释，那言语间有委屈、有温柔、有慈怜和悲悯。或者，照儒者的说法，是有恕道。

长大以后，又听到另一个故事，讲的是几个人在联句（或谓其中主角乃清代画家金冬心），为了凑韵脚，有人居然冒出一句："飞来柳絮片片红"的句子。大家面面相觑，不知此人为何如此没常识，天下柳絮当然都是白的，但"白"不押韵，奈何？解围的才子出面了，他为那人在前面凑加了一句，"夕阳返照桃花渡"，那柳絮便立刻红得有道理了。我每想及这样的诗境，便不觉为其中的美感瞠目结舌。三月天，桃花渡口红霞烈山，一时天地皆朱，不知情的柳絮一头栽进去，当然也活该要跟万物红成一气。这样动人的句子，叫人不禁要俯身自视，怕自己也正站在夹岸桃花的落日夕照之间，怕自己的衣襟也不免沾上一片酒红。圣经上说："爱心能遮过错。"在我看来，因爱而生的解释才能把事情美满化解。所谓化解不是没有是非，而是超越是非。就算有过错也因那善意的解释如明矾入井，遂令浊物沉淀，水质复归澄莹。

女儿天性浑厚，有一次，小学的她对我说："你每次说五点回家，就会六点回来，说九点回家，结果就会十点回来——我后来想通了，原来你说的是出发的时间，路上一小时你忘了加进去。"

我听了，不知该说什么。我回家晚，并不是忘了计算路上的时间，而是因为我生性贪溺，贪读一页书、贪写一段文字、贪一段山色……而小女孩说得如此宽厚，简直是鲍叔牙。二千多年前的鲍叔牙似乎早已拿定主意，无论如何总要把管仲说成好人。两人合伙做生意，管仲多取利润，鲍叔牙说："他不是贪心——是因为他家穷。"管仲三次做官都给人辞了。鲍叔牙说："他不是不长进，是他一时运气不好。"管仲打三次仗，每次都败亡逃走，鲍叔牙说："不要骂他胆小鬼，他是因为家有老母。" 鲍叔牙赢了，对于一个永远有本事把你解释成圣人的人，你只好自肃自策，把自己真的变成圣人。

物理学家可以说，给我一个支点，给我一根杠杆，我就可以把地球举起来——而我说，给我一个解释，我就可以再相信一次人世，我就可以接纳历史，我就可以义无反顾地拥抱这荒凉的城市。

二

"述而不作"，少年时代不明白孔子何以要作这种没有才气的选择，我却希望作而不述。但岁月流转，我终于明白，述，就是去悲悯、去认同、去解释。有了好的解释，宇宙为之端正，万物由而含情。一部希腊神话用丰富的想象解释了天地四时和风霜雨露。譬如说朝露，是某位希腊女神的清泪。月桂树，则被解释为阿波罗钟情的女子。

农神的女儿成了地府之神的妻子，天神宙斯裁定她每年可以回娘家六个月。女儿归宁，母亲大悦，土地便春回。女儿一回夫家，立刻草木摇落众芳歇，农神的恩宠也翻脸无情——季节就是这样来的。

而莫考来是平原女神和宙斯的儿子，是风神，他出世第一天便跑到阿波罗的牧场去偷了两头牛来吃（我们中国人叫"白云苍狗"，在希腊人却成了"白云肥牛"）——风神偷牛其实解释了白云经风一吹，便消失无踪的神秘诡异。

神话至少有一半是拿来解释宇宙大化和草木虫鱼的吧？如果人类不是那么偏爱解释，也许根本就不会产生神话。

而在中国，共工与颛顼争帝，怒而触不周之山，在一番"折天柱、绝地维"之后（是回忆古代的一次大地震吗），发生了"天倾西北，地陷东南"的局面。天倾西北，所以星星多半滑到那里去了，地陷东南，所以长江黄河便一路向东入海。

而埃及的沙碛上，至今屹立着人面狮身的巨像，中国早期的西王母则"其状如人，豹尾、虎齿，穴处"。女娲也不免"人面蛇身"。这些传说解释起来都透露出人类小小的悲伤，大约古人对自己的"头部"是满意的，至于这副躯体，他们却多少感到自卑。于是最早的器官移植便完成了，他们把人头下面接了狮子、老虎或蛇鸟什么的。说这些故事的人恐怕是第一批同时为人类的极限自悼，而又为人类的敏慧自豪的人吧？

而钱塘江的狂涛，据说只由于伍子胥那千年难平的憾恨。雅致的斑竹，全是妻子哭亡夫洒下的泪水……

解释，这件事真令我入迷。

三

有一次,走在大英博物馆里看东西,而这大英博物馆,由于是大英帝国全盛时期搜刮来的,几乎无所不藏。书画古玩固然多,连木乃伊也列成军队一般,供人检阅。木乃伊还好,毕竟是密封的,不料走着走着,居然看到一具枯尸,赫然趴在玻璃橱里。浅色的头发,仍连着头皮,头皮绽处,露出白得无辜的头骨。这人还有个奇异的外号叫"姜",大概兼指他姜黄的肤色,和干皱如姜块的形貌吧!这人当时是采西亚一带的砂葬,热砂和大漠阳光把他封存了四千年,他便如此简单明了地完成了不朽,不必借助事前的金缕玉衣,也不必事后塑起金身——这具尸体,他只是安静地趴在那里,便已不朽,真不可思议。

但对于这具尸体的"屈身葬",身为汉人,却不免有几分想不通。对于汉人来说,"两腿一伸"就是死亡的代用语,死了,当然得直挺挺地躺着才对。及至回国,偶然翻阅一篇人类学的文章,内中提到屈身葬。那段解释不知为何令人落泪,文章里说:"有些民族所以采用屈身葬,是因为他们认为死亡而埋入土里,恰如婴儿重归母胎,胎儿既然在子宫中是屈身,人死入土亦当屈身。"我于是想起大英博物馆中那不知名的西亚男子,我想起在兰屿雅美人的葬地里一代代的死者,啊——原来他们都在回归母体。我想起我自己,睡觉时也偏爱"睡如弓"的姿势,冬夜里,尤其喜欢蜷曲如一只虾米的安全感。多亏那篇文章的一番解释,这以后我再看到屈身葬的民族,不会觉得他们"死得离奇",反而觉得无限亲切——只因他们比我们更像大地慈母的孩子。

四

神话退位以后,科学所做的事仍然还是不断的解释。何以有四季?他们说,因为地球的轴心跟太阳成二十三度半的倾斜,原来地球恰似一侧媚的女子,绝不肯直瞪着看太阳,她只用眼角余光斜斜一扫,便享尽太阳的恩宠。何以有天际彩虹,只因为有万千雨珠一一折射了日头的光彩,至于潮汐呢?那是月亮一次次致命的骚扰所引起的亢奋和委顿。还有甜沁的母乳为什么那么准确无误地随着婴儿出世而开始分泌呢(无论孩子多么早产或晚产)?那是落盘以后,自有讯号传回,通知乳腺开始泌乳……科学其实只是一个执拗的孩子,对每一件事物好奇,并且不管死活地一路追问下去……每一项科学提出的答案,我都觉得应该洗手焚香,才能翻开阅读,其间吉光片羽,都是天机乍泄。科学提供宇宙间一切天工的高度业务机密,这机密本不该让我们凡夫俗子窥伺知晓,所以我每聆到一则生物的或生理的科学知识,总觉得敬惧凛栗,心悦诚服。

诗人的角色,每每也负责作"歪打正着"式的解释,"何处合成愁?"宋朝的吴文英作了成分分析后,宣称那是来自"离人心上秋"。东坡也提过"春色三分,二分尘土,一分流水"的解释,说得简直跟数学一样精准。那无可奈何的落花,三分之二归回了大地,三分之一逐水而去。元人小令为某个不爱写信的男子的辩解也煞为有趣:"不是不相思,不是无才思,绕清江,买不得天样纸。"这寥寥几句,已足令人心醉,试想那人之所以尚未修书,只因觉得必须买到一张跟天一样大的纸才够写他的无限情肠啊!

五

除了神话和诗，红尘素居，诸事碌碌中，更不免需要一番解释了。记得多年前，有次请人到家里屋顶阳台上种一棵树兰，并且事先说好了，不活包退费的。我付了钱，小小的树兰便栽在花圃正中间。一个礼拜后，它却死了。我对阳台上一片芬芳的期待算是彻底破灭了。

我去找那花匠，他到现场验了树尸，我向他保证自己浇的水既不多也不少，绝对不敢造次。他对着夭折的树苗偏着头呆看了半天，语调悲伤地说："可是，太太，它是一棵树啊！树为什么会死，理由多得很呢——譬如说，它原来是朝这方向种的，你把它拔起来，转了一个方向再种，它可能就要死！这有什么办法呢？"

他的话不知触动了我什么，我竟放弃退费的约定，一言不发地让他走了。

大约，忽然之间，他的解释让我同意，树也是一种自主的生命，它可以同时拥有活下去以及不要活下去的权利，虽然也许只是调了一个方向，但它就是无法活下去，不是有的人也是如此吗？我们可以到工厂里去订购一定容量的瓶子，一定尺码的衬衫，生命却不容你如此订购的啊！

以后，每次走过别人墙头冒出来的，花香如沸的树兰，微微的失望里我总想起那花匠悲冷的声音。我想我总是肯同意别人的——只要给我一个好解释。

至于孩子小的时候，做母亲的糊里糊涂地便已就任了"解释者"

的职位。记得小男孩初入幼稚园,穿着粉红色的小围兜来问我,为什么他的围兜是这种颜色。我说:"因为你们正像玫瑰花瓣一样可爱呀!""那中班为什么穿蓝兜?""蓝色是天空的颜色,蓝色又高又亮啊!""白围兜呢?大班穿白围兜。""白,就像天上的白云,是很干净很纯洁的意思。"他忽然开心地笑了,表情竟是惊喜,似乎没料到小小围兜里居然藏着那么多的神秘。我也吓了一跳,原来孩子要的只是那么少,只要一番小小的道理,就算信口说的,就够他着迷好几个月了。

十几年过去了,午夜灯下,那小男孩用当年玩积木的手在探索分子的结构。黑白小球结成奇异诡秘的勾连,像一扎紧紧的玫瑰花束,又像一篇布局繁复却条理井然无懈可击的小说。

"这是正十二面烷。"他说,我惊讶这模拟的小球竟如此匀称优雅,黑球代表碳,白球代表氢,二者的盈虚消长便也算物华天宝了。

"这是赫素烯。"

"这是……"

我满心感激,上天何其厚我,那个曾要求我把整个世界一一解释给他听的小男孩,现在居然用他化学方面的专业知识向我解释我所不了解的另一个世界。

如果有一天,我因生命衰竭而向上天祈求一两年额外加签的岁月,其目的无非是让我回首再看一看这可惊可叹的山川和人世。能多看它们一眼,便能多用悲壮的、虽注定失败却仍不肯放弃的努力再解释它们一次。并且也欣喜地看到人如何用智慧、用言词、用弦管、用丹青、用静穆、用爱,一一对这世界作其圆融的解释。

是的，物理学家可以说，给我一个支点，给我一根杠杆，我就可以把地球举起来——而我说，给我一个解释，我就可以再相信一次人世，我就可以接纳历史，我就可以义无反顾地拥抱这荒凉的城市。

劫后

那天早晨大概是被白云照醒的,我想。云影一片接一片地从窗前扬帆而过,带着秋阳的那份特殊的耀眼。

阳光是真的出现了,阳光差不多可以嗅得出来——在那么长久的风雨和阴晦之后。我没有带伞便走了出去,澄碧的天空值得信任。

琉公圳的水退了,两岸的垂柳仍沾惹着黯淡的黑泥,那一夜它们必然曾经浸在泥泞的大水中。还有那些草,不知它们那一夜曾以怎样的荏弱去抗拒怎样的坚强。我只知道——凭着今天的阳光我知道——有一天,柳丝仍将毵毵如金,芳草将仍萋萋胜碧,生命永不会被击倒。

有些孩子,赤着脚在退去的水中嬉玩,手里还捏着刚捉到的泥腥的小鱼。欢乐仍在,游戏仍在,贫困中自足的怡情仍在。

巷子里,巷子外,快活的工人爬在屋顶和墙头上。调水泥的声音,砌砖块的声音,钉木桩的声音,那么协调地响在发亮的秋风里。受创的记忆忽然间变得很遥远,眼前只有音乐——这灾劫之后美丽的重建之声。于是便想起战争,想起使人类恐惧了很久却未出现的战争。

忽然觉得并没有什么可怕，如果在那时只剩下一对男女，他们仍将削木为梳，裁叶为衣，并且举火为炊。生活的弦将永不辍断。

局促的瓦屋前，人人将团花的旧被撑在椅子上。微温的阳光下，那俗艳的花朵竟也出奇地动人。今夜，松香的软褥上，将升起许多安恬的梦。今夜将无风，今夜将无雨，今夜是可预料的甜蜜。

街头重新有了拥挤不堪的车辆和人群，车子停滞不前，大家都耐心地等着。灾劫之后，似乎人性变得和善了一些，也不十分在乎这几分钟的耽延了。交通车里，平常不交一言的同事也开始互相问询：

"府上还好吗？"

"还好，没有什么。"

"只进了一尺水。"

"我们家的水已经齐胸了。"

话题很愉快，余痛已不再写在脸上。每个人都高高兴兴的像负了伤仍然自豪的战士，去努力于恢复旧有的秩序。似乎大家都发现能有一张餐桌可供食，有一张干燥的旧床可供憩息是多么美好幸福的事。

菜场里再度熙攘起来，提着篮子的主妇愉快地穿梭着，并且重新有了还价的兴致。我第一次发现满筐的鸡蛋看来竟有那么圆润可爱。那微赤带褐的洛岛红，那晶莹欲穿的来亨，都像是什么战争中赢来的珠宝，被放在显要的位置上炫耀它所代表的胜利——在十一级的风之后，在十二级的水之后。

隔楼的琴声在久久的沉寂后终于响起，那既不成熟又不动听的旋律却令人几乎垂泪。在灾变之后，我忽然关心起那弹琴的小女孩，想她必然也曾惊悸过，哭泣过。而此刻，她的琴声里重新响起稳定而幸福的感觉，像一阕安眠曲，平复了日间的忧伤。

　　简单的琴声里，我似乎渐渐能看见那些山石下的死者，那些波涛中的生者，一刹那间，他们仿佛都成了我的弟兄。我与那些素未谋面的受难者同受苦难，我与那些饥寒的人一同饥寒。有时候，我甚至能亲切地想到几万年前的古人，在那个落地玻璃被吹破，黑暗中榉木地板上流着雨水的夜里，我便那么确实地感到他们的战栗，以及他们的不屈。我第一次稍稍了解那些在矿灾之后地震之余的手足。我第一次感到他们的眼泪在我的眼眶中流转，我第一次感到他们的悲哀在我的血管中翻腾。

　　于是学会了为阳光感谢——因为阴晦并非不可能。学会了为平静而索味的日子感谢——因为风暴并非不可能。学会了为粗食淡饭感谢——因为饥饿并非不可能。甚至学会了为一张狰狞的面目感谢——因为有一天，我们中间不知谁便要失去这十分脆弱的肉体。

　　并且，那么容易地便了解了每一件不如意的事，似乎原来都可以更不如意。而每一件平凡的事，都是出于一种意外的幸运。日光本来并不是我们所应得的。月光也未曾向我们索取过户税。还有那些焕然一天的星斗，那些灼热了四季的玫瑰，都没有服役于我们的义务。只因我们已习惯于它们的存在，竟至于习惯得不再激动，不再觉得活着是一种恩惠，不再存着感戴和敬畏。但在风雨之后，一切都被重新思索，这才忽然惊喜地发现，一年之中竟有那么多美好的日子——每一天，都是一个欢欣的感恩节。

　　有一天，当许多许多年之后，或许在一个多萤的夏夜，或许在一个炉火半温的冬天黄昏，我们会再提起艾尔西和芙劳西，会提起那交加的风灾雨劫,但我们会欢欣地复述,不以它为祸,只以它为一则奇妙耐听的老故事。

  我们将淡忘那些损失,我们不复记忆那些恐惧。我们只将想到那停电的夜里,家人共围着一支小红烛的美好画面。我们将清晰地记起在四方风雨中,紧拥着一个哭泣的孩童,并且使他安然入睡的感觉,那时候那孩子或许已是父亲。我们更将记得灾劫之后的阳光,那样好得无以复加地落在受难者的门楣上。

我想走进那则笑话里去

围坐喝茶的深夜,听到这样的笑话:

有个茶痴,极讲究喝茶,干脆去住在山高泉冽的地方,他常常浩叹世人不懂品茶。如此,二十年过去了。

有一天,大雪,他瀹水泡茶,茶香满室,门外有个樵夫叩门,说:"先生啊!可不可以给我一杯茶喝?"

茶痴大喜,没想到饮茶半世,此日竟碰上闻香而来的知音,立刻奉上素瓯香茗,来人连尽三杯,大呼,好极好极,几乎到了感激涕零的程度。

茶痴问来人:"你说好极,请说说看,这茶好在哪里?"

樵夫一面喝第四杯,一面手舞足蹈:"太好了,太好了,我刚才快要冻僵了,这茶真好,滚烫滚烫的,一喝下去,人就暖和了。"

因为说的人表演得活灵活现,一桌子的人全笑了,促狭的人立刻现炒现卖,说:"我们也快喝吧,这茶好呲!滚烫哩!"

我也笑,不过旋即悲伤。

人方少年时,总有些耽溺于美。喝茶,算是生活美学里的一部分。凡是有条件可以在喝茶上讲究的人总舍不得不讲究。及至中年,才不免悯然发现，世上还有美以外的东西。

大凡人世中的美，如音乐，如书法，如室内设计，如舞蹈，总要求先天的敏锐加上后天的训练。前者是天分，当然足以傲人，后者是学养，也是可以自豪的。因此，凡具有审美眼光之人，多少都不免骄傲孤慢吧？《红楼梦》里的妙玉已是出家人，独于"美字头上"勘不破，光看她用隔年雨水招待贾母刘姥姥喝茶，喝完了，她竟连"官窑脱胎白盖碗"也不要了——因为嫌那些俗人脏。

黛玉平日虽也是个小心自敛的寄居孤女，但一谈到美，立刻扬眉瞬目，眼中无人，不料一旦碰上妙玉，也只好败下阵来，当时妙玉另备好茶在内室相款，黛玉不该问了一句："这也是旧年的雨水？"

妙玉冷笑一声："你这么个人，竟是个大俗人，连水也尝不出来！这是五年前我在玄墓蟠香寺住着，收的梅花上的雪，统共得了那一鬼脸青的花瓮一瓮，总舍不得吃，埋在地下，今年夏天才开了，我只吃过一回，这是第二回了。你怎么尝不出来？隔年蠲的雨水，哪有这样清凉？如何吃得？"

风雅绝人的黛玉竟也有遭人看作俗物的时候，可见俗与不俗有时也有点像才与不才，是个比较上的问题。

笑话里的俗人樵夫也许可笑——但焉知那"茶痴"碰到"超级茶痴"的时候，会不会也遭人贬为俗物？

为了不遭人看为俗气，一定有人累得半死吧！美学其实严酷冷峻，间不容发。其无情处真不下于苛官厉鬼。

日本的十六世纪有位出身寒微的木下藤吉郎，一度改名羽柴秀吉，后来因为军功成为霸主，赐姓丰臣，便是后世熟知的丰臣秀吉。他位极人臣之余很想立刻风雅起来，于是拜了禅僧千利休学茶道。

一切作业演练都分毫不差，可是千利休却认为他全然不上道。一日，丰臣秀吉穿过千利休的茶庵小门，见墙上插花一枝，赶紧跑到师父面前，巴巴地说了一句看似开悟的话："我懂了！"

千利休笑而不语——唉！我怀疑这千利休根本是故布陷阱。见到花而大叫一声"我懂了"的徒弟，自以为因而可以去领"风雅证书"了，却是全然不解风情的。我猜千利休当时的微笑极阴险也极残酷。不久之后，丰臣就借故把千利休杀了，我敢说千利休临刑之际也在偷笑，笑自己有先见之明，早就看出丰臣秀吉不能身列风雅之辈。

丰臣秀吉大概太累了，"风雅"两字令他疲于奔命，原来世上还有些东西比打仗还辛苦。不如把千利休杀了，从此一了百了。

相较之下，还是刘姥姥豁达，喝了妙玉的茶，她竟敢大大方方地说："好虽好，就是淡了些。"

众人要笑，由他去笑，人只要自己承认自己蠢俗，神经不知可以少绷断多少根。

那一夜，在众人的哄笑声中，我真想走到那则笑话里去，我想站在那茶痴面前，他正为樵夫的一句话气得跺脚，我大声劝他说："别气了，茶有茶香，茶也有茶温，这人只要你的茶温不要你的茶香，这也没什么呀！深山大雪，有人因你的一盏茶而免于僵冻，你也该满足了。是这人来——虽然是俗人——你才有机会可以得到布施的福气，你也大可以望天谢恩了。"

怀不世之绝技，目高于顶，不肯在凡夫俗子身上浪费一丝一毫美，当然也没什么不对。但肯起身为风雪中行来的人奉一杯热茶，看着对方由僵冷而舒活起来，岂不更为感人——只是，前者的境界是绝美的艺术，后者大约便是近乎宗教的悲悯淑世之情了。

半局

楔子

汉武帝读司马相如的《子虚赋》，忽然怅恨地说："朕独不得与此人同时哉！"他错了，司马相如并没有死，好文章不一定都是古人做的，原来他和司马相如活在同一度的时间里。好文章、好意境加上好的赏识，使得时间也有情起来。

我不是汉武帝，我读到的也不是《子虚赋》，但蒙天之幸，让我读到许多比汉赋更美好的"人"。

我何幸曾与我敬重的师友同时，何幸能与天下人同时，我要试着把这些人记下来。千年万世之后，让别人来羡慕我，并且说："我要是能生在那个时代多么好啊！"

大家都叫他杜公——虽然那时候他才三十几岁。

他没有教过我的课——不算我的老师。

他和我有十几年之久在一个学校里，很多时候甚至是在一间办公室里——但是我不喜欢说他是"同事"。

说他是朋友吗？也不然，和他在一起虽可以聊得逸兴遄飞，但我对他的敬意，使我始终不敢将他列入朋友类。

说"敬意"几乎又不对，他这人毛病甚多，带棱带刺，在办公室里对他敬而远之的人不少，他自己成天活得也是相当无奈，高高兴兴的日子虽有，唉声叹气的日子更多。就连我自己，跟他也不是没有斗过嘴，使过气，但我惊奇我真的一直尊敬他，喜欢他。

原来我们不一定喜欢那些老好人，我们喜欢的是一些赤裸、直接的人——有瑕的玉总比无瑕的玻璃好。

杜公是黑龙江人，对我这样年龄的人而言，模糊的意念里，黑龙江简直比什么都美，比爱琴海美，比维也纳森林美，比庞培古城美，是榛莽渊深，不可仰视的。是千年的黑森林，千峰的白积雪加上浩浩万里、裂地而奔窜的江水合成的。

那时候我刚毕业，在中文系里做助教，他是讲师，当时学校规模小，三系合用一个办公室，成天人来人往的，他每次从单身宿舍跑来，进了门就嚷："我来'言不及义'啦！"

他的喉咙似乎曾因开刀受伤，非常沙哑，猛听起来简直有点凶恶（何况他又长着一副北方人魁梧的身架），细听之下才发觉句句珠玑，令人绝倒。后来我读到唐太宗论魏徵（那个凶凶的、逼人的魏徵），却说其人"妩媚"，几乎跳起来，这字形容杜公太好了——虽然杜公粗眉毛，瞪凸眼，嘎嗓子，而且还不时骂人。

有一天，他和另一个助教谈西洋史，那助教忽然问他那段历史兄弟争位后来究竟是谁死了，他一时也答不上来，两个人在那里久久不决，我听得不耐烦："我告诉你，既不是哥哥死了，也不是弟弟死了，反正是到现在,两个人都死了。"

说完了,我自己也觉一阵悲伤,仿佛《红楼梦》里张道士所说的一个吃它一百年的疗妒羹——当然是效验的,百年后人都死了。

杜公却拊掌大笑:"对了,对了,当然是两个都死了。"

他自此对我另眼看待,有话多说给我听,大概觉得我特别能欣赏——当然,他对我特别巴结则是在他看上跟我同住的女孩之后,那女孩后来成了杜夫人,这是后话,暂且不提。

杜公在学生餐厅吃饭,别的教职员拿到水淋淋的餐盘都要小心地用卫生纸擦干(那是十几年前,现在已改善了),杜公不然,只把水一甩,便去盛两大碗饭,他吃得又急又多又快,不像文人。

"擦什么?"他说,"把湿细菌擦成干细菌罢了!"

吃完饭,极难喝的汤他也喝。"生理食盐水,"他说,"好欤!"

他大概吃过不少苦,遇事常有惊人的洒脱,他回忆在政大读政治研究所时说:"蛇真多——有一晚我在洗澡关门时夹死了一条。"

然后他又补充说:"当时天黑,我第二天才看到的。"

他住的屋子极小,大约是四个半榻榻米,宿舍人又杂,他种了许多盆盆罐罐的昙花,不时邀我们清赏,夏天招待桂花绿豆汤、郁李(他自己取的名字,做法是把黄肉李子熬烂、去皮核,加蜜冰镇),冬天是腊八粥或猪腿肉红煨干鱿鱼加粉丝。我一直以为他对莳花深感兴趣,后来才弄清楚,原来他只是想用那些多刺的盆盆罐罐围满走廊,好让闲杂人等不能在他窗外聊天——穷教员要为自己创造读书环境还真难。

"这房子倒可以叫'不畏斋'了!"他自嘲道,"'四十、五十而无闻焉，其亦不足畏也'——孔夫子说的。"

他那一年已过了四十岁了。

当然，也许这一代的中国人都不幸，但我却比较特别同情二十年代出生的人，更老的一辈赶上了风云际会，多半腾达过一阵，更年轻的在台湾长大，按部就班地成了青年才俊。独有五十几岁的那一代，简直是为受苦而出世的，其中大部分失了学，甚至失了家人，失了健康，勉力苦读的，也拿不出漂亮的学历，日子过得抑郁寡欢。

这让我想起汉武帝时代的那个三朝不被重用的白发老人的命运悲剧——别人用"老成谋国"者的时候，他还年轻；别人用"青年才俊"的时候他又老了。

杜公能写字，也能作诗，他随写随掷，不自珍惜，却喜欢以米芾自居。

"米南宫哪，简直是米南宫哪！"

大伙也不理他。他把那幅"米南宫真迹"一握，也就丢了。

有一次，他见我因为一件事而情绪不好，便仿韩愈《送李愿归盘谷序》中"大丈夫之不得意于时也"的意思作了一篇《大小姐之不得意于时也》的赋，自己写了，奉上，令人忍俊不禁。

又有一次，一位朋友画了一幅石竹，稍不留意，便被他抢了去，为我题上"渊渊其声，娟娟其影"，墨润笔酣，句子也庄雅可喜，裱起来很有精神。其实，我一直没有告诉他，我喜欢他，远在米芾之上，米芾只是一个遥远的八百年前的名字，他才是一个人，一个真实的人。

杜公爱憎分明，看到不顺眼的人或事他非爆出来不可。有一次他极讨厌的一个人调到别处去了，后来得意扬扬地穿了新机关的制服回来,他不露声色地说:"这是制服吗?"

"是啊!"那人愈加得意。

"这是制帽?"

"是啊!"

"这是制鞋?"

"是啊!"

那个不学无术的家伙始终没有悟过来制鞋、制帽是指丧服的意思。

他另外讨厌的一个人一天也穿了一身新西装来炫耀。

"西装倒是好,可惜里面的不好!"

"哦,衬衫也是新买的呀!"

"我是指衬衫里面的。"

"汗衫?"

"比汗衫更里面的!"

很多人觉得他的嘴刻薄,不厚道,积不了福,我倒很喜欢他这一点,大概因为他做的事我也想做——却不好意思做。天下再没有比乡愿更讨厌的人,因此我连杜公的缺点都喜欢。

——而且,正因为他对人对物的挑剔,使人觉得受他赏识真是一件好得不得了的事。

其实,除了骂骂人,看穿了,他还是个"剪刀嘴豆腐心",记得我们班上有个男孩,是橄榄球队队长,不知怎么阴错阳差地分到中文系来了。有一天,他把书包搁在山径旁的一块石头上,就去打球了,书包里的一本《中国文学发达史》滑出来,落在水沟里,泡得透湿。

杜公捡起来，给他晾着，晾了好几天，这位仁兄才猛然想到书包和书，杜公把小心晾好的书还他，也没骂人，事后提起那位成天一身泥水一身汗的男孩，他总是笑滋滋的，很温暖地说："那孩子！"

杜公绝顶聪明，才思敏捷，涉猎甚广，而且几乎可以过目不忘，所以会意独深。他说自己少年时喜欢诗词，好发诗论。忽有一天读到王国维的《人间词话》，大吃一惊，原来他的论调竟跟王国维一样，他从此不写诗论了。

杜公的论文是《中国历代政治符号》，很为识者推重，指导教授是当时政治研究所主任浦薛凤先生，浦先生非常欣赏他的国学，把他推荐来教书，没想到一直开的竟是国文课。学生国文程度不好——而且也不打算学好，他常常气得瞪眼。

有一次我在叹气："我将来教国文，第一，扮相就不好。"

"算了，"他安慰我，"我扮相比你还糟。"

真的，教国文似乎要有其扮相，长袍，白髯，咳嗽，摇头晃脑，诗云子曰，阴阳八卦，抬眼看天，无视于满教室的传纸条、瞌睡、K英文。不想这样教国文课的，简直就是一种怪物。

碰到某些老先生他便故作神秘地说："我叫杜奎英，奎者，大卦也。"

他说得一本正经，别人走了，他便纵声大笑。

日子过得不快活，但无妨于他言谈中说笑话的密度，不过，笑话虽多，总不失其正正经经读书人的矩度。他创立了《思与言》杂志，在十五年前以私人力量办杂志，并且是纯学术性的杂志，真是要有"知其不可而为之"的勇气，杜公比大多数"思与言"的同仁都年长些，但是居然慨然答应做发行人，台大政治系的胡佛教授追忆这段往事，有很生动的记载：

> 那时的一些朋友皆值二十与三十之年，又受过一些高等教育，很想借新知的介绍，做一点知识报国的工作。所以在兴致来时，往往商量着创办杂志，但多数在兴致过后，又废然而止。不过有一次数位朋友偶然相聚，又旧话重提，决心一试。为了躲避台北夏季的热浪，大家另约到碧潭泛舟，再作续谈。奎英兄虽然受约，但他的年龄略长，我们原很怕他涉世较深，热情可能稍减。正好在买舟时，他尚未到，以为放弃。到了船放中流，大家皆谈起奎英兄老成持重，且没有公教人员的身份，最符合政府所规定的杂志发行人的资格，惜他不来。说到兴处，忽见昏黑中，一叶小舟破水追踪而来，并靠上我们的船舷。打桨的人奋身攀沿而上，细看之下竟是奎英兄。大家皆高声叫道：发行人出现了。奎英兄的豪情，的确不较任何人为减，他不但同意一肩挑起发行人的重责，且对刊物的编印早有全盘的构想。

其实，何止是发行人？他何尝不是社长、编辑、校对，乃至于写姓名发通知的人（将来的历史要记载台湾的文人，他们共有的可爱之处便是人人都灰头土脸地编过杂志）？他本来就穷，至此更是只好"假私济公"，愈发穷了，连结婚都得举债。

杜公的恋爱事件和我关系密切，我一直是电灯泡，直到不再被需要为止。那实在也是一场痛苦缠绵的恋爱，因为女方全家几乎是抵死反对。

杜公谈起恋爱，差不多变了一个人，风趣、狡黠、热情洋溢。有一次他要我带一张英文小纸条回去给那女孩，上面这样写：

请你来看一张全世界最美丽的图画
会让你心跳加速
呼吸急促
……

小宝（我们都这样叫她）和我想不通他哪里弄来一张这种图画，及至跑去一看，原来是他为小宝加洗的照片。他又去买些粗铅丝，用槌子把它锤成烤叉，带我们去内双溪烤肉。也不知他哪里学来那么多稀奇古怪的本领，问他，他也只神秘地学着孔子的口吻说："吾多能鄙事。"小宝来请教我的意见，这倒难了，两人都是我的朋友，我曾是忠心不二的电灯泡，但朋友既然问起意见，我也只好实说："要说朋友，他这人是最好的朋友。要说丈夫，他倒未必是好丈夫，他这种人一向厚人薄己，要做他太太不容易，何况你们年龄相悬十七岁，你又一直要去美国，你全家又都如此反对……"真的，要家长不反对也难。四十多岁了，一文不名，人又不漂亮，同事传话，也只说他脾气偏执，何况那时候女孩子身价极高。从一切的理由看，跟杜公结婚是不合理性的——好在爱情不讲究理性，所以后来他们还是结婚了。奇怪的是小宝的母亲至终倒也投降了，并且还在小宝赴美进修期间给他们带了两年孩子。

杜公不是那种怜香惜玉低声下气的男人，不过他做丈夫看来比想象中要好得多,他居然会烧菜,会拖地,会插个不知什么流的花,知道自己要有孩子,忍不住兴奋地叨念:"唉,姓杜真讨厌,真不好取名字,什么好名字一加上杜字就弄反了。"

那么粗犷的人一旦柔情起来,令人看着不免心酸。

他的女儿后来取名"杜可名",出于《老子》,真是取得好。

他后来转职政大,我们就不常见面了,但小宝回来后,倒在我家吃了一顿饭,那天许多同学聚在一起,加上他家的孩子、我家的孩子——着实热闹一场。事后想来,凡事都是一时机缘,事境一过,一切的热闹繁华便终究成空了。

不久就听说他病了,一打听已经很不轻,肺中膈长癌,医生已放弃开刀,杜公是何等聪明的人,他立刻什么都明白了,倒是小宝,他一直不让她知道。

我和另外两个女同事去看他,他已黄瘦下来,还是热乎乎地弄两张椅子要给我们坐,三个人推来让去都不坐,他一径坚持要我们坐。

"哎呀,"我说,"你真是要二椅杀三女呀!"

他笑了起来——他知道我用的是"二桃杀三士"的典故,但能笑几次了呢?我也不过强颜欢笑罢了。

他仍在抽烟,我说别抽了吧!

"现在还戒什么?"他笑笑,"反正也来不及了。"

那时节是六月,病院外夏阳艳得不可逼视,暑假里我即将有旅美之行——我知道那是我最后一次看他了。

后来我寄了一张探病卡,勉作豪语:"等你病好了,咱们再煮酒论战。"

写完，我伤心起来，我在撒谎，我知道旅美回来，迎我的将是一纸过期的讣闻。

旅美期间，有时竟会在异地的枕榻上惊醒，我梦见他了，我感到不祥。

对于那些英年早逝弃我而去的朋友，我的情绪与其说是悲哀，不如说是愤怒！

正好像一群孩子，在广场上做游戏，大家才刚弄清楚游戏规则，才刚明白游戏的好玩之处，并且刚找好自己的那一伙，其中一人却不声不响地半局而退了，你一时怎能不愕然得手足无措，甚至觉得被什么人骗了一场似的愤怒。

满场的孩子仍在游戏，属于你的游伴却不见了！

九月返台，果真他已于八月十四日去世了，享年五十二岁，孤女九岁，他在病榻上自拟的挽联是这样的：

天道好还，国族必有前途，惟世难方殷，先死亦佳，勉无深恶大罪，可以笑谢兹世；

人间多苦，事功早摒奢望，已庸碌一生，幸存何益，忍抛孤嫠弱息，未免愧对私心。

但写得尤好的则是代女儿挽父的白话联：

爸爸说要陪我直到结婚生了娃娃，而今怎教我立刻无处追寻，你怎舍得这个女儿；

女儿只有把对您那份孝敬给妈妈，以后希望你梦中常来看顾，我好多喊几声爸爸。

读来五内翻涌，他真是有担当、有抱负、有才华的至情至性之人。

也许因为没有参加他的葬礼，感觉上我几乎一直欺骗自己他还活着，尤其每有一篇自己比较满意的作品，我总想起他来，他那人读文章严苛万分，轻易不下一字褒语，能被他击节赞美一句，是令人快乐得要晕倒的事。

每有一句好笑话，也无端想起他来，原来这世上能跟你共同领略一个笑话的人竟如此难得。

每想一次，就怅然久之，有时我自己也惊讶，他活着的时候，我们一年也不见几面，何以他死了我会如此怅然若失呢？我想起有一次看到一副对联，现在也记不真切，似乎是江兆申先生写的：相见亦无事，不来常思君。真的，人和人之间有时候竟可以淡得十年不见，十年既见却又可以淡得相对无一语，即使相对应答又可以淡得没有一件可以称之为事情的事情，奇怪的是淡到如此无干无涉，却又可以是相知相重、生死不舍的朋友。

皮，多少钱一片

皮，多少钱一片？啊，那要看你问的是什么皮。

譬如说：猪皮，那不值什么，你只要买一百元以上的猪肉，便可要求店家免费送你些猪皮。如果你是老主顾，老板会随便送你一尺见方大小的猪皮。

如果是澳洲袋鼠皮（连毛），价钱就不同了，一张完整的袋鼠皮，总要台币千元。换成新西兰的羊皮呢？那价钱就不一定了，大约自千余元到三四千都能买，当然一分钱一分货，绝好的羊皮，其毛既绵长又柔软，既洁白又致密，是世间绝美的装饰和卧具。

动物皮毛之中，羊皮算是便宜的，其他如狐皮，如虎皮，如貂皮，动辄价值数百万。不但贵，且列入保护，将来，这类物品恐怕只能在古董市场上求售了。

假如我再问下去："请问人的皮，怎么买法？"

恐怕就很难回答了，因为并无人皮市场，不像蛇皮鳄鱼皮或鳗鱼皮，都有差不多的国际价格。

在我们这种凡物皆商品化的时代，人肉可卖，人的肾脏可卖，人的眼角膜也可卖。跟其他事物一样——总是富人花钱买了穷人的东西，唯一不同的是，古代穷人可以鬻妻卖子，现代穷人竟可能卖器官……

不过，却有一个女子，她的故事跟上述情节无关。她，切割自己的皮肤，去供人之用，而操刀者竟是她的丈夫。

这是半世纪前的故事了，地点在彰化，主角夫妇来自英国，姓兰，他们德行的芬香也真如幽谷芳兰。他们选择在医院中行医济世，别的牧师以口宣道，他们却以手术刀宣教。

当年乡间有个台湾小孩，皮肤溃烂，不知如何收口。兰氏夫妻读了一篇医学报告，发觉有人提出以他人之皮代病人之皮的构想，便打算像输血一般的"输皮"给这小孩，当时一来对手术成功并无把握，二来也不知找谁来捐皮。如果所捐之皮必然成功，则或者可找人救助，但如不成功岂不遭人怨死？兰医生本人其实也愿意捐助，但他必须负责移植手术，总不能抱痛冒险，兰太太便一口应承，甘愿切肤。这身为护士的兰太太也真是一位奇女子了。

啊！这块皮，如果要付钱，倾王永庆之财也不足偿，罄吴火狮之金亦不够数，而兰太太是自愿的，小病人并不需付一毛钱。

这故事的结尾很意外，他人的皮肤其实并无法转移在小病人身上，小病人却不知怎么蒙天保佑，竟一天天好起来，后来长大，变成一位牧师。

以上情节经画家描摹，成了一幅名画，叫作"切肤之爱"，如今挂在高雄医学院，作为"镇院之宝"。

兰大夫的医院仍屹立，他的儿子继承了大业，这间彰化基督教医院很想把这幅名画要回来，但一者太贵（时价一千万），二者高雄医学院也不肯割爱。

依我想，也罢，彰化基督教医院其实已拥有整个故事的精神，而且也没闲钱来买这幅画，高雄医学院其实比较需要这幅画。不知到什么时候国人才能培养出兰先生兰太太这样具有"高爱心因子"的生物。

在台湾有巨富坐在虎皮上拍照，自以为一世雄豪，有人把五万元的鲍鱼塞进两层嘴皮之间。但肯为一个小孩割舍皮肤的高贵人物在哪里呢？

矛盾篇之二

我渴望赢

我渴望赢，有人说人是为胜利而生的，不是吗？

极幼小的时候，大约三岁吧，因为听外婆说一句故乡的俗语"吃辣——当家"，就猛吃了几大口辣椒，权力欲之炽，不能说不惊人了。

如果我是英国贵族，大约会热衷养马、赛马吧？如果是东方太平时代的乡绅，则不免要跟人斗斗蟋蟀，但我是个在台湾长大的小孩，习惯上只能跟人比功课。小学六年级，深夜，还坐在同学家的饭厅里恶补，补完了，睁开倦眼，摸黑走夜路回家。升学这一仗是不能输的。奇怪的是那么小的年纪，也很诡诈的，往往一面偷偷读书，一面又装出视死如归的气概，仿佛自己全不在乎。

考取北一女是第一场小赢。

而在家里，其实也是霸气的，有一次大妹执意要母亲给她买两支水彩笔，我大为光火，认为她只需借用我的那支旧笔就可以了，而母亲居然听了她的话去为她买来了，我不动声色，第二天便要求母亲给我买四支。

"为什么要那么多？"

"老师说的！"我决不改口，其实真正的理由是，我在生气，气妹妹不知节俭，好，要浪费，就大家一起来浪费，你要两支，我就偏要四支，我是不能输给别人的！

母亲果然去买了四支笔，不知为什么，那四支笔仿佛火箱似的，放在书包里几乎要烫着人了，我暗暗立誓，而今而后，不要再为自己去斗气争胜了，斗赢了又如何呢？

有一天，在小妹的书桌前看到一张这样的纸条：

下次考试：

数学要赢×××

国文要赢×××

英文要赢×××

……

不觉失笑，争强斗胜，一至于此，不但想要夺总冠军，而且想一项一项去赢过别人，多累人啊——然而，妹妹当年活着便是要赢这一场艰苦的仗。

至于我自己，后来果真能淡然吗？有的时候，当隐隐的鼓声扬起，我不觉又执矛挺身，或是写一篇极难写的文章，或是跟"在上位者"争一件事情。争赢求胜的心仍在，但真正想赢过的往往竟是自己，要赢过自己的私心和愚蠢。

有一次，在报上看到英国的特攻队去救出伊朗大使馆里的人质，在几分钟内完成任务，大获全胜，而他们的工作箴言却是"Who dares wins"（勇敢者胜），我看了，气血翻涌，立刻把它钉在记事板上，天天看一遍。

行年渐长，对一己的荣辱渐渐不以为意了，却像一条龙一样，有其颈项下不可批的逆鳞，我那不可碰、不可输的东西是"中国"，是我胸中的这块隐痛：当我俯饮马来西亚马六甲的郑和井，当我行经马尼拉的华人坟场，当我在纽约街头看李鸿章手植的绿树，当我在哈佛校区里抚摸那驮碑的赑屃，当我在韩国的庆州看汉瓦当，在香港的新界看邓围，当我在泰北山头看赤足的孩子凌晨到学校去，赶在上泰国政府规定的泰文课之前先读中文……我所渴望赢回的，是华夏的形象，是散在全世界有待像拼图一般聚拢来的中国。

有一个名字不容任何人污蔑，有一个话题绝不容别人占上风，有一份旧爱不准他人来置喙。总之，只要听到别人的话锋似乎要触及我的中国了，我会一面谦卑地微笑，一面拔剑以待，只要有一言伤及它，我会立刻挥剑求胜，即使为剑刃所伤，亦在所不惜。

属于我自己的轮盘或赢或输又算什么，大不了是这百年光阴的一次小小押宝罢了。而五千年的传统，十亿生灵的祸福却是古往今来最巨大最悲切的投注了，怎能不求其成呢！

上天啊，让我们赢吧！我们是为赢而生的，必要时也可以为赢而死，因此，其他的选择是不存在的，在这唯一的奋争中给我们赢——或者给我们死。

我寻求挫败

我一直都在寻求挫败,寻求被征服被震慑被并吞的喜悦。

有人出发去"征山",我从来不是,而且刚好相反,我爬山,是为了被山征服。有人飞舟,是为了"凌驾"水,而我不是,如果我去亲炙水,我需要的是涓水归川的感觉,是自身的消失,是形体的涣释,精神的冰泮,是自我复归位于零的一次冒险。

记得故事中那个叫"独孤求败"的第一剑侠吗?终其生,他遇不到一个对手,人间再没有可以挫阻自己的高人,天地间再没有可匹可敌、可交锋的力量,真要令人忽忽如狂啊!

生来有一块通灵宝玉的贾宝玉是幸福的,但更大的幸福却发生在他掷玉的一刹那。那时,他初遇黛玉,一照面之间,彼此惊为旧识,仿佛已相契了万年。他在惊愕慌乱中竟把一块玉胡乱砸在地上,那种自我的降服和破碎是动人的,是一切真爱情最醇美的倾注。

文学史上也不乏这样的例子,陈师道曾经"一见黄豫章(黄山谷),尽焚其稿而学焉",一个人能碰见令自己心折首俯的高人,并能一把火烧尽自己的旧作,应该算是一种极幸福的际遇。

《新约》中的先知约翰曾一见耶稣便屈身降志说:"我仅仅是以水为你们施洗礼的,他却以灵为你们施洗礼,我之于他,只能算一声开道的吆喝声!"《红拂传》里的虬髯客一见李靖,便知天下大势已定,乃飘然远引。那使男子为他色沮、女子为他夜奔的,大唐盛世的李靖,我多么想见他一眼啊。清朝末年的孙中山也有如此风仪,使四方豪杰甘于俯首授命。人生的悲剧原不在头断血流,在于没有大英雄可为之赴命，没有大理想供其驱驰。

　　我一直在寻找挫败，人生天地间，还有什么比挫败更快乐的事？就爱情言，其胜利无非是最彻底的"溃不成军"。就旅游言，一旦站在千丘万壑的大峡谷前，感到自己渺如蝼蚁，还有什么时候你能如此心甘情愿地卑微下来，享受大化的赫赫天威？又尝记得一次夏夜，卧在沙滩上看满天繁星如雨阵、如箭镞，一时几乎惊得昏呆过去，有一种投身在伟大之下的绝望，知道人类永永远远不能去逼近那百万光年之外的光体，这份绝望使我一想起来仍觉兴奋昂扬。试想全宇宙如果都像一个窝囊废一样被我们征服了，日子会多么无趣啊！读圣贤书，其理亦然。看见洞照古今长夜的明灯，听见声彻人世的巨钟，心中自会有一份不期然的惊喜，知道我虽愚鲁，天下人间能人正多，这一番心悦诚服，使我几乎要大声宣告："多么好！人间竟有这样的人！我连死的时候都可以安心了！因为有这样优秀的人，有这些美丽的思想！"此外见到特蕾莎在印度，史怀哲在非洲，或是"八大山人"、石涛在美术馆，周鼎宋瓷在"博物院"，都会兴起一份"我永世不能追摹到这种境界"的激动，这种激动，这种虔诚的服输，是多么难忘的大喜悦。

　　如果此生还有未了的愿望，那便是不断遇到更令人心折的人，不断探得更勾魂摄魄、荡荡可吞人的美景，好让我能更彻底地败溃，更从心底承认自己的卑微和渺小。

矛盾篇之三

狂喜

仰俯终宇宙,
不乐复何如?

曾经看过一部沙漠纪录片,荒旱的沙碛上,因为一阵偶雨,遍地野花猛然争放,错觉里几乎能听到轰然一响,所有的颜色便在一刹间蹿上地面,像什么壕沟里埋伏着的万千勇士奇袭而至。

那一场烂漫真惊人,那时候,你会惊悟到原来颜色也有欲望、有性格,甚至有语言、有欢呼的!

而我自己的生命,不也是这样一番来不及地吐艳吗?细想起来,怎能不生大感激、大欢喜,就连气恼郁愤的时候,反身自问,也仍是自庆自喜的,一切烦恼原是从有我而来,从肉身而来,但这一个"我",这一个"肉身",却也来之不易啊!是神话里的山精水怪、桃柳鱼蛇修炼千年以待的呢!即使要修到神仙,也须先做一次人身哩!《新约》中的耶稣,其最动人处便在破体而出舍入尘寰而为人身,仿佛一位父亲俯身于沙堆里,满面黑污地去和小儿女办家家酒。

得到这样的肉身,是所有的动物、植物、矿物仰首以待的,天上神明俯身以就的,得到这样清飒爽亮如黎明新拭的肉身,怎能不大喜若狂呢?

莎士比亚在《第十二夜》里有一段论爱情的话:

你要这样想:"求爱得爱固然好,没有求,就给你,更是宝。"

如果以之论生命,也很适用,这一番气息命脉是我们没有祈求就收到的天宠,这一副骨骼筋络是不曾耕耘便有的收获。至于可以辨云识星的明眸,可以听雨闻风的聪耳,可以感春知秋的慧觉,哪一样不如同悬崖上的吊松、野谷里的幽兰,是一项不为而有、不豫而成的美丽?

这一切,竟都在我们的无知浑噩中完足了,想来怎能不顶礼动容,一心赞叹!

肉身有它的欲苦,它会饥饿——但饥饿亦是美好的,没有饥饿感,婴儿会夭折,成人会清损,而且,大快朵颐的喜悦亦将失落。

肉身会疲倦困顿——但世上又岂有什么仙境比梦土更温柔?在那里,一切的乏劳得到憩息,一切的苦烦暂且卸肩,老者又复其童颜,赢者又复其康强,卑微失意的角色,终有其可以昂首阔步的天地。原来连疲倦困顿也是可以击节赞美的设计,可以欢忭赞颂的策划。

肉身会死亡,今日之红粉,竟是明日之骷髅,此刻脑中之才慧,亦无非他年蝼蚁之小宴。然而，此生此世仍是可幸贺的。我甘愿做冬残的槁木，只要曾经是早春如诗如酒的花光，我立誓在成土成泥、成尘成烟之余都要哂然一笑，因为活过了，就是一场胜利，就有资格欢呼。

在生命高潮的波峰，享受它。在生命低潮的波谷，忍受它。享受生命，使我感到自己的幸运，忍受生命，使我了解自己的韧度，尔者皆令我喜悦不尽。

如果我坚持生命是一场大狂喜会激怒你，请原谅我吧，我是情不自禁啊！

大悲

生命中之所以有大悲，在于别离。

而其实宇宙万象，原不知何物为"别"，"别"是由于人的多事才生出来的。萍与萍之间岂真有聚散，云与云之际也谈不上分合。所以有别离者，在于人之有情，有眷恋，有其不可理喻的依依。

佛家言人生之苦，喜欢谈"怨憎会""爱别离"，其实，尤其悲哀的应该是后者吧？若使所爱之人能相依，则一切可憎可怨者也就可以原谅。就众生中的我而言，如果常能与所爱之人饮一杯茶，共一盏灯，能知道小女儿在钢琴旁，大儿子在电脑前，并且在电话的那一端有父母的晨昏，在圣诞卡的另一头有弟弟妹妹的他乡岁月。在这个城或那个城里，在山巅，在水涯，在平凡的公寓里住着我亲爱的朋友们，只要他们不弃我而去，我会无限度地忍耐那不堪忍耐的，我会原谅一切可憎可怨的人，我会有无限宽广的心。

然而，所谓"怨憎会"与"爱别离"其实也可以指人际以外的环境和状况吧？那曾与你亲爱相依的密实黑发，终有一日要弃你而去，反是你所怨憎的白发或童秃来与你垂老的头颅相聚啊！你所爱的颊边的蔷薇，眼中的黑晶，终将物化，我们被强迫穿上那件可怨可憎的松垮得不成款式的制服——我指的是那坍垮下来的皮肤。并且用一双朦胧的老花眼去看这变形的世界。告别那灵巧的敏慧的曾经完成许多创造的手，去接受颤抖的、不听命的十指，整个垂老的过程岂不就是告别那一个自己曾惊喜爱赏的自己吗？岂不就是不明不白强迫你接受一个明镜中陌生的怨憎的与"我"格格不入的印象吗？

而尤其悲伤的是告别深爱的血中的傲啸，脑中的敏捷，以及心底的感应，反跟自己所怨憎的沉浊、麻木和迟钝相聚了。这种不甘心的分别与无奈的相聚，恐怕不下于怨偶的纠结以及情人的远隔吧，世间之真大悲便该是这一类吧？

死是另一种告别，不仅仅是告别这世上恋栈过的目光，相依过的肩膀，爱抚过的婴颊——死所要告别的还要更多更多：自此以后，我那不足道的对人生的感知全都不算数了，后世之人谁会来管你第一次牙牙学语说出一个完整句子所引起的惊动和兴奋，谁又会在意你第一次约会前夕的窃喜？至于某个老人垂死之前跟一条狗的感情，谁又耐烦去记忆呢？每一个人惊天动地的内在狂涛，在后人看来不过是旋生旋灭的泡沫而已。活着的人要把自己的琐事记住尚且不易，谁又会留意作古之人的悲欢呢？死就是一番彻底的大告别啊，跟人跟事，跟一身之内的最亲最深的记忆。宗教世界虽也谈永生和来生，

246

但毕竟一切都告一段落，民间信仰中的来生是要先涉过忘川的，一切从此便告一了断。基督教的天堂又偏是没有眼泪的地方——可是眼泪尽管苦涩，属于眼泪的记忆却也是我不忍相舍的啊！生命中最尖锐的疼痛，最无言的苍凉，最疯狂的郁怒，我是一样也舍不得忘记的啊！此外曾经有过的勇往无悔的用情，披沙拣金的知识，以及电光石火的顿悟，当然更是栈栈不忍遽舍的！一只鹭鸶不会预知自己必死的命运，不会有晚景的自伤，更不会为自己体悟出的捉鱼本领要与自身一同消失而怅怅，人类才是那唯一能感知怨憎会和爱别离之苦的生物啊，只因我们才有爱憎分明的知觉，才有此心历历的判然。

　　人生的大悲在斤斤于离别之苦，而离别之苦种因于知识，弃圣绝智却又偏是众生做不到的，没有告别彩笔以前的江淹曾写下："黯然销魂者，唯别而已矣。"等彩笔绮思一旦被索还，是不是就不必销魂了呢？我是宁可胸中有此大悲凉的，一旦连悲激也平伏消失，岂不更是另一番尤为彻骨的悲酸？

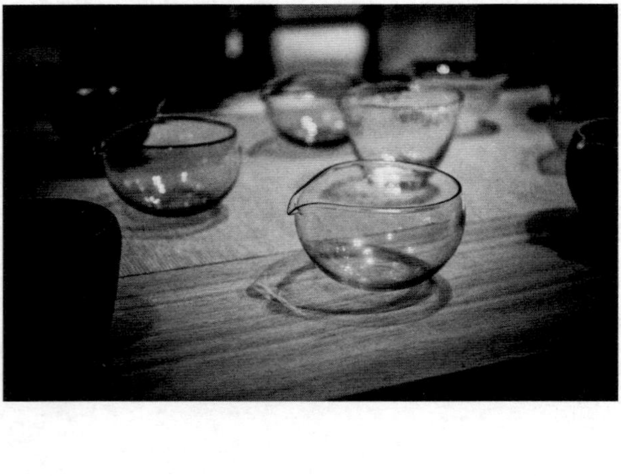

陆·特别收录

相见亦无事,不来常思君。

亦秀亦豪的健笔
余光中

　　三十年来台湾的散文作家，依年龄和风格大致可以分为四代。第一代的年龄在八十岁上下，可以梁实秋为代表。第二代在六十岁左右，以女作家居多，目前笔力最健者，当推琦君，但在须眉之中，也数得出思果、陈之藩、吴鲁芹、周弃子等人，不让那一代的散文全然变成"男性的失土"。第三代的年龄颇不整齐，大约从四十岁到六十岁，社会背景也很复杂：王鼎钧、张拓芜、林文月、亮轩、萧白、子敏等人都是代表；另有诗人而兼擅散文的杨牧与管管，小说家而兼擅此道的司马中原（张爱玲亦然，但应该归于第二代）。第四代的年龄当在二三十岁，作者众多，潜力极大，一时尚难遽分高下，但似乎应该包括温任平、林清玄、罗青、渡也、高大鹏、孙玮芒、李捷金、陈幸蕙等人的名字。

　　大致说来，第二代的风格近于第一代，多半继承五四散文的流风余绪，语言上讲究文白交融，笔法上讲究入情入理，题材上则富于回忆的温馨。第三代是一个突变，也是一个突破。年龄固然是一大原因，但真正的原因是第三代的作家大多接受了现代文艺的洗礼，运用语言的方式，已有大幅的蜕变。他们不但讲究文白交融，也有兴趣的酌量作西化的试验，不但讲究人情世故，也有兴趣探险想象的世界。在题材上，他们不但回忆大陆，也有兴趣反映台湾的生活，探讨当前的现实。他们当然欣赏古典诗词，但也乐于通用现代诗的艺术，来开拓新散文的感性世界，同样，现代的小说、电影、音乐、绘画、摄影等等艺术，也莫不促成他们观察事物的新感性。

"要是你四月来，苹果花开，哼！……"

这人说话老是使我想起现代诗。

张晓风的散文《常常，我想起那座山》中的两句话，正好用来印证我前述的论点。在第三代的散文家中，张晓风年纪较轻，但成就却不容低估。前引的两句和现代诗的关系还比较落于言诠，再看她另一篇作品《你还没有爱过》中的一句：

"而终有一天，一纸降书，一排降将，一长列解下的军刀，我们赢了！"

这一句话写的是日军投降，但是那跳接的意象，那武断而迅疾的句法，却是现代诗的作风。换了第二代的散文家，大半不会这么写的。

张晓风的一枝健笔纵横于近二十年来的文坛，先是以散文成名，继而转向小说，不久又在戏剧界激起壮阔的波澜，近年她的笔锋又收回散文的领域，而更见变化多姿。她在散文创作上的发展，正显示一位年轻作家如何摆脱了早期新文学的束缚，如何锻炼了自己的风格，而卓然成为第三代的名家。早在十三年前，我已在《我们需要几本书》一文中指出："至少有三个因素使早期的晓风不能进入现代：中文系的教育，女作家的传统，五四新文学的余风。我不是说，凡出身中文系，身为女作家，且承受五四余泽的人，一定进不了现代的潮流。我只是说，上述的三个背景，在普通的情形下，任具一项，都足以阻碍现代化的倾向。晓风三者兼备，竟能像跳栏选手一样，一一越过，且奔向坦坦的现代大道，实在是难能可贵的。"

十三年后回顾晓风在散文上的成就，比起当日来，自又丰收得多，再度综览她这方面的作品，欣赏之余，可以归纳出如下的几个特色：第一，晓风成名是六十年代的中期，那时正是台湾文坛西化的高潮，她的作品却能够免于一般西化的时尚，既不乱叹人生的虚无，也不沉溺文字的晦涩。第二，她出身于中文系，却不自囿于所谓的"旧文学"，写起文章来，既少饾饤其表的四字成语或经典名言，也无以退为进以酸为雅的谦虚作态。相反地，她对于西方文学颇留意吸收，在剧本的创作上尤其如此。读她的散文，实在看不出是昧于西洋文学的作家所写。第三，她是女作家，却能够摆脱许多女作家、尤其是一些散文女作家常有的那种闺秀气，其实从《十月的阳光》起，她的散文往往倒有一股勃然不磨的英伟之气。她的文笔原就无意于妩媚，更不可能走向纤弱，相反地，她的文气之旺，笔锋之健，转折之快，比起一些阳刚型的男作家来，也毫不减色。第四，一般的所谓散文家，无论性别为何，笔下的题材常有日趋狭窄之病，不是耽于山水之写景，就是囿于家事之琐细，旧闻之陈腐，酬酢之空虚，旅游之肤浅，久之也就难以为继。晓风的散文近年在题材上颇见拓展，近将出版的《你还没有爱过》一书可以印证她的精神领域如何开阔。在风格上，晓风能用知性来提升感性，在视野上，她能把小我拓展到大我，仍能成为有分量有地位的一流散文家。

　　《你还没有爱过》里面的十五篇散文，至少有八篇半是写人物——《承受第一线晨曦的》只能算是半篇。这些人物，有的是文化界已故的前辈，像洪陆东、俞大纲、李曼瑰、史惟亮；有的是曾与晓风协力促进剧运的青年同伴，像姚立含、黄以功；更有像温梅桂那样奋斗自立的泰雅尔族山胞。后面的三个人物写得比较详尽，但也不是正式的传记。前面的四个名人则见首而不见尾，夭矫云间，出没无常，只是一些生动的印象集锦。而无论是速写或详叙，这些人物在晓风的笔下，都显得亲切而自然，往往只要几下勾勒，颊上三毫已见。晓风的笔触，无论是写景、状物、对话或叙事，都是快攻的经济手法，务必在数招之内见功，很少细针密线的工笔。所以她的段落较短，分段较多，事件和情调的发展爽利无碍，和我一般散文的长段大阵，颇不相同。晓风的文笔还有一项能耐，便是雅俗、文白、巧拙之间的分寸，能依主题的需要而调整，例如写耆宿洪陆东时的老练，便有别于《蜗牛女孩》的坦率天真。

　　几篇写人物的散文之中，我认为味道最浓笔意最醇的，是《半局》和《看松》。这两篇当然不是传记，而是作者一鳞半爪的切身感受和亲眼印象，却安排得恰到好处，真有"传神"之功。也许晓风和文中的两位人物——一位是她的系主任，一位是同事——相知较深，所以往事历历，随手拈来，皆成妙谛，比起其他人物的写照来，更见突出。我认为这种散闻轶事串成的人物剪影，形象生动，意味隽永，

253

是介于《史记》列传和《世说新语》之间的笔法，希望晓风以后多加发挥。尤其是《半局》一篇，墨饱笔酣，六千字一气呵成，其中人物杜公的意态呼之欲出，不但是晓风个人的杰作，也是近年来散文的妙品。我甚至认为，《半局》的老到恣肆之处，鲁迅也不过如此。请看下列这一段：

有一天，他和另一个助教谈西洋史，那助教忽然问他那段历史兄弟争位后来究竟是谁死了，他一时也答不上来，两个人在那里久久不决，我听得不耐烦："我告诉你，既不是哥哥死了，也不是弟弟死了，反正是到现在，两个人都死了。"

说完了，我自己也觉一阵悲伤，仿佛《红楼梦》里张道士所说的一个吃它一百年的疗妒羹——当然是效验的，百年后人都死了。

杜公却拊掌大笑："对了，对了，当然是两个都死了。"

短短的一段文字里，从历史的徒劳到人生的空虚，从作者的伤感到杜公的豁达，几番转折，真是方寸之间有波澜。再看结尾的一段：

对于那些英年早逝弃我而去的朋友，我的情绪与其说是悲哀，不如说是愤怒！

正好像一群孩子，在广场上做游戏，大家才刚弄清楚游戏规则，才刚明白游戏的好玩之处，并且刚找好自己的那一伙，其中一人却不声不响地半局而退了，你一时能不愕然得手足无措，甚至觉得被什么人骗了一场似的愤怒。

这一段的比喻十分贴切，而对于朋友夭亡的反应，不是悲哀，却是愤怒，好像没可奈何之中，竟迁怒造化的无端弄人。这，就是我所谓作者的英伟之气。《半局》的题目就取得很好，而尤见功力的，是文中感情的几经变化，那样"半忘年交"的友谊，戏谑中有尊敬，低回中有豪情，疏淡中寓知己，读来真是令人"五内翻涌"。

这样的杰作，在民初的散文里也不多见。可是晓风散文的多度空间里，比他们要多一度空间，那便是现代文学，尤其是现代诗的启示。像《半局》中的这一段：

> 杜公是黑龙江人，对我这样年龄的人而言，模糊的意念里，黑龙江简直比什么都美，比爱琴海美，比维也纳森林美，比庞培古城美，是榛莽渊深，不可仰视的。是千年的黑森林，千峰的白积雪加上浩浩万里、裂地而奔窜的江水合成的。

便是我前文所谓"第三代的散文"，因为它速度快，笔力强，一气呵成，有最好的现代诗那种莽莽苍苍的感性。仅有感性，当然不足以成散文大家，但是笔下如果感性贫乏，写山而不见其峥嵘，写水而不觉其灵动，却无论如何成不了散文家。晓风写景记游的一些近作如《常常，我想起那座山》，在抒情散文的创作上成就惊人，"临场感"（sense of immediacy）甚为饱满的感性，经灵性和知性的提升之后，境界极高。在这种散文里，晓风已经是一位不分行的诗人了。晓风偶尔也写些诗，但句法刚直，语言嫌露，佳作不多。我倒觉得，能在写景或抒情的散文里挥洒诗才，也是一种高妙之境，原不一定非要去经营"分行的艺术"。其实，晓风散文中写景之句，论空灵，论秀逸，论气魄，比起许多现代诗的佳句来，并不逊色。《常常，

《我想起那座山》中许多附有小标题的片段，都是笔法精简感性逼人眉睫的妙品，例如写梅骨的一段，真能攫住老柯心里秘藏欲发的生机。又如她写夜色，有这样的句子：

深夜醒来我独自走到庭中。
四下是彻底的黑，衬得满天星子水清清的。

又说：

文明把黑夜弄脏了，黑色是一种极娇贵的颜色，比白色更沾不得异物。

下面的一段设想奇妙，那种想象力，真可以博得东坡一笑。

山从四面叠过来，一重一重的，简直是绿色的花瓣——不是单瓣的那一种，而是重瓣的那一种——人行水中，忽然就有了花蕊的感觉，那种柔和的、生长着的花蕊，你感到自己的尊严和芬芳，你竟觉得自己就是张横渠所说的可以"为天地立心"的那个人。

再看下面这一段：

十一点了，秋山在此刻竟也是阳光炙人的，我躺在神木下面，想起唐人的传奇，虬髯客不带一丝邪念卧看红拂女梳垂地的长发，那景象真华丽。我此刻也卧看大树在风中梳着那满头青丝，所不同的是，我也有华发绿鬓，跟巨木相向苍翠。

这真是神乎其想的豪喻，晓风身为女作家，不自比红拂女，却自拟虬髯客，正是我所谓的英伟之气。至于"华发绿鬓，跟巨木相向苍翠"一句，也有辛弃疾山人相看妩媚之意，仍是自豪的。在同一章中，晓风又喻那擎天神木为"倒生的翡翠矿"，也是匪夷所思。此文的"后记"第三则又说：

夏天，在一次离台旅行之前，我又去了一次拉拉山，吃了些水蜜桃，以及山壁上倾下来的不花钱的红草莓。夏天比秋天好的是绿苔下长满十字形的小紫花，但夏天游人多些，算来秋天比夏天多了整整一座空山。

整段文字清空自在，不用说了，奇就奇在最后那一句："算来秋天比夏天多了整整一座空山。"照讲夏天叶茂人多，应该夏多于秋才对，但作者神思异发，认为入山贵在就山，不在就人，所以要比空寂之美，却是秋富于夏。这种妙笔，散文家也不输诗人。

张晓风这本新书里佳作尚多，不及一一细析，但还有一篇值得再三诵读的，便是书名所用的《你还没有爱过》。此地所谓的爱，是国家民族的大我之爱。作者在贵阳街"国军历史文物馆"里，吊古低回，感奋于民初青年慷慨报国的忠义精神。她一面瞻仰早期军校朴拙而庄严的同学录，一面从那些古色古香的通讯地址去揣摩那些相中人物乡镇的情景，领着读者作纸上的故国神游：

郭孝言　年十九　镇江城内小市口杜宅后院
章　甫　年廿三　湖南永州老县门口章吉祥药号交
李亚丹　年廿二　湖南岳州桃林喻义兴宝号转旧屋李家

就这么几十个简单而又落实的地址，便激发了作者无穷的乡国之思，同胞之爱，引爆了她光华四射的想象。这些古色斑斓胆气照人的名录，具体可握如历史的把手，作者逐条加上自己的按语，就像实地低回时心中起伏波动的意识流，虚实相激相荡，真是善作安排。及其高潮，下面的这段文字更是喷薄而出：

只为一声戍角，那些好男儿从稻田从麦田从高梁田，从商行，从药铺，从磨坊，从鱼行，从杂货铺，从酒坊一一走出来，就这样，走出一番新翠照眼的日月山川，不知为什么，越读那些土里土气的小地名，越觉有万千王师的气象，每翻一张扉页，竟觉得在腕底翻起的是飒飒然的八方风雨。

能写出这种节奏，这种气魄，这种胸襟的散文，张晓风不愧是第三代散文家里腕挟风雷的淋漓健笔，这支笔，能写景也能叙事，能咏物也能传人，扬之有豪气，抑之有秀气，而即使在柔婉的时候也带一点刚劲。在散文的批评里，梁实秋的风趣，思果的恬淡，琦君的温馨，早经公认，赏析已多，但散文天地的广阔正如人生，淡有淡味，浓有浓情，怀旧的固然动人温情，探新的也能动人激情。说散文一定要像橄榄或青茶，由来已久，其实是画地为牢。谁规定散文不可以像哈密瓜像酒？韩潮苏海，是橄榄或清茶吗？散文的读者不妨拓展自己的视域，也来欣赏张晓风的豪秀，杨牧的雅丽。

张晓风既有天才，又有学力，更有可惊的精力与毅力，我热切希望她能尽展所长，少作秀，少编书，少写别人也会写的那些俏皮小品，或应景文章，把她的大才用来创新并突破散文的华严世界。

余光中

当代著名散文家、诗人。

曾在台湾、香港各大学担任外文系或中文系教授暨文学院院长。

代表作品有《天真的歌》《藕神》《白玉苦瓜》《记忆像铁轨一样长》等。

重读晓风《玉想》，兼怀李霖灿老师

蒋勋

张晓风的《玉想》要重新出版了，我把这一册大多写于二十世纪八十年代的散文拿在手中重新读了一次。

读着读着，觉得午后河边乍明乍灭的阳光真好，隔着河，对面的大屯山一带白云卷舒，或来或去，配合着时起时落的潮声，我就放下了书，跑去找台南朋友新寄来的今年刚收的春茶。

《玉想》是要有一盏"春茶"搭配着读的。

这些近三十年前都读过的文字，在春茶的新新的喜气得意的滋味里，一一在沸水中复活了。

晓风写这一系列文字的时候我们常一起出去玩，有一个"花酒党"这样的名字，五六个人，七八个人，带一盅酒，听闻什么地方有好花、好山水，便一路杀去，盘旋数日。

我跟晓风、慕蓉去过南仁山，中央山脉到尾端的余脉，低矮丘陵起伏，很像黄公望八十二岁的名作《富春山居图》。那时候两派学者正为了故宫两卷《富春山居图》孰真孰假闹得不可开交。从乾隆皇帝开始就闹不休的"双胞案",到了山水面前,忽然想起黄公望在"无用卷"卷末写的"巧取豪夺"四个字。也许黄公望一生卖卜为生,到了八十二岁真的卜算出了这张画要到人间去经历一段"巧取豪夺"的沧桑吧。

被称为"元四家之首"的黄公望,八十二岁的名作,不再只是"名作",而是一堆"巧取豪夺"的"欲望"。在不同的人手中流转,有人为这张画倾家荡产,有人为这张画死时不能瞑目,吴洪裕因此要侄子烧起火来烧画殉葬,却没想到烟火腾腾,画烧成了两段,死者瞑目了,活着的人还是从火堆中抢出,前段成为《剩山图》,历经大收藏家吴湖帆的手,最后进入了浙江博物馆。后段较长一段也历经不同人收藏,最后入了清宫,被乾隆当成假画,1949年随故宫南迁,到了台湾。

做学生的时候,有幸随庄严老师、李霖灿老师一起看画,拿出一卷《富春山居图》,四五个研究生,一面跟老师聊天,一面努力做笔记。

我是不用功的一个,不知道为什么总惦记着元代一张纸上什么地方无意间滴下一水痕,或汗,或泪,或是某一春日不经意的雨滴,留在上面,没有人觉察,水痕婉转,却随岁月成为沧桑的斑驳,那就是大书家所说的"屋漏痕"吗?

我也惦记着画上在明末清初留下的烟火记忆,在灰烬的边缘,一点点惊恐险绝的遗迹。

晓风像是在谈"玉",谈"陶瓷",谈中国艺术中的颜色,谈刺绣,其实,也许我们有一样的毛病,谈着谈着,会情不自禁,跑去专心凝视一块玉上的"瑕疵"。晓风说的"瑕疵",是书画里的"屋漏痕",是玩古玉的人津津乐道的"沁"。因为入了土,那玉和石灰,松脂,人的骨血,动物的腐尸依靠在一起,岁月久了,玉石上就有一块去除不了的"斑",或赭或灰,或如发丝,或如血脉,或如泪痕,丹心要化为碧,便是"沁"这个字。"沁"是如此深的记忆,"沁"入肺腑,是对抗岁月,对抗毁灭的惊叫。

中国的美学,要看到黄公望"巧取豪夺"之外的岁月的痕迹,才会有带着泪痕的惊叫。

那时候在《富春山居图》长卷前面,李霖灿老师没有说什么话,他似乎对争辩笔仗都不感兴趣,他谈中国艺术的文字像诗,不像论文。

这个原来杭州艺专出身要做画家的学者,因为战争,误打误撞走了西南边陲的大山,遇到沈从文,知道生命里有许多意外,像晓风在《玉想》中说的"错误",李老师和南迁的故宫书画注定要走在一起,走到台湾,注定要在他的凝视下,看到一千年前藏在《溪山行旅图》树丛中"范宽"这两个字,找到目前全世界唯一可以确定的"范宽"的真迹。

我带学生到故宫看《溪山行旅图》,指给他们看《树丛中》隐藏的名字,他们觉得奇怪,"怎么一千年来都没有人看得见?"

"问得好!"我心里想,这个名字是注定要在一千年后在台湾由李霖灿看到的,就像"沁"这个字,必得要有一个"心"字,没有"心",玉也只是一块石头,缠绵也只是一堆乱絮,陶瓷不过就是土胎而已。

晓风有心,所以有了《玉想》,《玉想》谈中国艺术之美,也像诗,不像论文。

我看的《玉想》有李霖灿老师在一九九〇年写的序，序写完，李老师故去。我重读《玉想》，想到的是李老师最后一次到东海建筑系评图，忽然打电话找到我，说要来我美术系办公室坐坐。

我的办公室是东海旧图书馆晒书后废弃的空间，没有人要用。我喜欢它两边透光通风，早午都有阳光，挂了竹山民间制作的细竹帘，光线筛过竹帘空隙，就如一卷静静的宣纸，户外树影云影都可以在上面留痕迹。

李老师坐定，环看地上阳光，阳光中树影云影风光摇曳，忽然转头跟我说："蒋勋，我们都是命好的人，一辈子都在看美好的东西。"

二〇〇九年初春，重读《玉想》，想到李老师说的"命好"，想到同样"命好"的一些朋友，想为老师奠一尊酒，窗外云岚变灭，潮起潮落，可以珍惜的还是朋友寄来的春茶在舌口上留着的一段余甘。

蒋 勋

当代著名画家、诗人、作家。

曾任《雄狮美术》月刊主编,先后执教于文化大学、辅仁大学,并担任东海大学美术系系主任。

代表作品有《孤独六讲》《池上日记》《生活十讲》《蒋勋谈梵高:燃烧的灵魂》等。

图书在版编目（CIP）数据

不知有花 / 张晓风著. -- 北京：北京联合出版公司，2018.6（2024.7重印）

ISBN 978-7-5596-1892-4

Ⅰ.①不… Ⅱ.①张… Ⅲ.①散文集–中国–当代 Ⅳ.①I267

中国版本图书馆CIP数据核字（2018）第057068号

著作权合同登记号：01-2018-3601

原出版社：九歌出版社有限公司　　作者：张晓风

1. 中文简体字版©2018年，授权北京时代华语国际传媒股份有限公司由北京联合出版公司出版。
2. 本书由九歌出版社有限公司正式授权，经由凯琳国际文化代理，授权北京时代华语国际传媒股份有限公司由北京联合出版公司出版中文简体字版本。非经书面同意，不得以任何形式任意重制、转载。

不知有花

作　　者：张晓风
总 发 行：北京时代华语国际传媒股份有限公司
责任编辑：李艳芬
封面设计：
版式设计：胡玉冰
责任校对：杨典雅

北京联合出版公司出版
（北京市西城区德外大街83号楼9层 100088）
北京中科印刷有限公司印刷　　新华书店经销
字数150千字　　880毫米×1230毫米　1/32　9印张
2018年6月第1版　2024年7月第9次印刷
ISBN 978-7-5596-1892-4
定价：48.00元

未经书面许可，不得以任何方式转载、复制、翻印本书部分或全部内容
版权所有，侵权必究
本书若有质量问题，请与本社图书销售中心联系调换。电话：010-63783806